美世麗尼miscellany

| 석현수 에세이 |

북랜드

석현수 에세이

美世麗尼miscellany

인쇄| 2018년 2월 5일
발행| 2018년 2월 15

글쓴이| 석현수
펴낸이| 장호병
펴낸곳| 북랜드
　　　　06252 서울시 강남구 강남대로 320, 황화빌딩 1108호
　　　　대표전화 (02) 732-4574 | (053) 252-9114
　　　　팩시밀리 (02) 734-4574 | (053) 252-9334

등 록 일| 1999년 11월 11일
등록번호| 제13-615호
홈페이지| www.bookland.co.kr
이-메 일| bookland@hanmail.net

책임편집| 김인옥
교　　열| 배성숙

ISBN 978-89-7787-747-4　03810

값 10,000 원

美世麗尼miscellany
미 세 려 니

'美世麗尼'는 '아름다운 세상, 고운 이'를 기다리는 마음이다. 미세려니는 영어의 miscellany의 우리식 표현이며, '여러 종류의 모음'이란 의미를 가지고 있다.

서문序文

　불러야 할 노래가 있다면 지금 부르십시오/ 당신의 해가 저물면 노래 부르기엔 너무나 늦습니다/ 당신의 노래를 지금 부르십시오. ─Charles Haddon Spurgeon. 오늘은 분명 맑지만 내일은 혹시나 구름이 보일지 모른다는 생각에 눈을 떴다. 그래 아직 할 일이 남았으니 맑은 날에 해놓아야지 하는 생각으로 다시 책상에 앉았다.

　나라 안팎으로 혼돈의 한 해를 보낸다. 걱정했던 긴 터널을 무사히 건넜다. 사분오열로 갈라졌던 상처가 가까스로 봉합이 되어가고 있다. 영남, 호남을 갈라놓던 이들이 이제는 오른쪽, 왼쪽을 갈라서라며 편 가르기를 선동한다. 민초들은 그날그날이 빠듯하여 자신조차도 돌아볼 겨를이 없는데. 우右와 좌左라는 용어만 나와도 속이 메스껍다. 난세에 조용히 엎드려 지내는 것만으로도 애국이라 생각한다. 나라 걱정에 몇 줄 섞었을 뿐이니 무겁게 읽지 않기를 바란다.

평소 몽테뉴의 『LES ESSAIS』를 롤 모델로 글쓰기를 지향指向한다는 필자의 의지를 살리기 위해서라도 굳이 에세이집으로 이름하였다. 에세이의 출발점은 성실하게 글을 씀이요, 남의 호평을 의식하기 보다는 꾸밈없는 자신을 그대로 내놓는 일이다. 『LES ESSAIS』의 대부분은 동양적인 서정보다는 쉽게 읽히지 않을 논조의 글이 대부분이다. 졸저 후반부에 몇 편의 논술을 가미한 이유도 같은 맥락이다.

시답지 않은 글 그만두란다. 가족의 쓴 충고가 가장 좋은 약이 되리라. 요즈음 글 쓰는 인구가 폭발적으로 늘어났다. 여기저기에 저서 한 권 들고 다니지 않는 문인이 없다. 일인일서一人一書 운동에 편승하여 다음 글을 위해 그릇을 비워낸다. 베스트셀러 작가 반열에 오르지 못해 출판사로부터 러브콜을 받지 못하는 무명작가에게는 자비自費출판은 어쩔 수 없는 대세大勢다. 떡도 빵도 생기지 않는 일에 가계부를 조여야 하는 아내에게 늘 미안하다.

2018년 세해에 석현수 拜上

| 차 | 례 |

■ 서문

美世麗尼miscellany I

美世麗尼miscellany Ⅱ

美世麗尼miscellany Ⅲ

美世麗尼miscellany IV

美世麗尼miscellany V

美世麗尼 miscellany Ⅰ

행복은 후일 목을 빼고 발표를 기다리게 하는 행운권 당첨이 아닙니다.
그 자리에서 긁어서 100% 당첨의 즐거움을 가지는 즉석 복권이어야 합니다.

신분 세탁기가 된 아파트

이웃이란 없어진 단어다. 언제부터인지 모르게 유행가 속 충청도 아줌마가 되어버렸다. 이웃은 '와도 그만 가도 그만'이다. 적어도 아파트 단지에서만큼은 그렇다. 알리려 하는 이도 없고 굳이 알려고도 하지도 않는다. 새사람 왔으니 앞으로 잘 부탁한다며 떡 돌리는 일은 고전 풍속도에서나 찾아볼 일, 길 떠나는 옆집 사람에게 서운하다며 아침밥 차려놓고 눈물 글썽이며 토닥여주던 이별은 문학작품 소재로도 더는 등장하지 않는다. 아파트는 점점 공룡화 되어가고 특히나 봄가을이면 낯선 이의 천국이 된다.

아파트에서는 누구나 어느 집, 누구 엄마가 아닌 '몇 호 집' 사람으로 살아간다. 남자도 여자도 어른도 아이도 하나로 묶어 '몇 호 집'으로 통한다. 미용에서나 볼 수 있는 유니섹스 시대가 왔다.

이런 판국에 눈치를 줄 용기 있는 위인도 없고 조심할 졸장부도 없다. 서로를 모르고 산다는 편리성 하나로 아파트는 신분 세탁기 역할을 충분히 해 낸다.

때 묻은 인간의 때를 쏙 뺄 수 있는 마력을 가진 세탁기. 다름 아닌 아파트 단지다. 쉽게 숨어들 수 있는 곳, 빨래를 마치면 얼른 꼬리를 자르고 달아날 수 있는 곳이다. 검은돈만 세탁하는 줄 알았는데, 인간마저 이렇게 세탁될 줄이야.

분당에 살던 때의 일이다. 어느 날 갑자기 경비아저씨가 '몇 호 집' 사람이 이사 간다는 귀띔을 해 주었다. 어지간히 골치를 썩이던 입주자이었던지라 경비원의 얼굴이 다소 상기된 모습이었다. '몇 호 집'은 바람 잘 날이 없었다. 아저씨가 동남풍 불어 나가면 아주머니는 서북풍이 불어 나갔다. 맞바람이 드세었다. 본인들만 모를 뿐 동네에서 대충 감을 잡고 있었지만 모두 말을 섞기 싫어서 그냥 모른 체 입을 다물었을 뿐이다. 설상가상으로 하나 키운 과년한 딸마저 연애 열풍이 불어 회오리바람에 휩싸였다. 아파트 입구까지 바래다주는 청년의 모습은 때때로 얼굴 모양새가 달랐다.

부부싸움이 있는 날이면 관리소에서 층간소음을 강조하는 방송이 나왔고 그래도 싸움이 그치지 않으면 모두 말 못 할 경비원에게 역정을 냈다. 이런 참에 이사 소식을 들으니 경비 아저씨인들 어찌 기쁘지 아니했겠는가. 나의 벽은 옆 집사람의 벽이요 내가 걷는 마루청 바닥은 아래 사람의 천정이라는 방송을 지금도 기억하고 있다. '몇 호 집' 난리 통 때문에 귀에 익은 주의사항이 었기 때문이다. 승강기에서 서로 눈길이 마주쳐도 기세가 너무 등 등했기에 대놓고 불편해하는 이는 한 사람도 없었다. 가을이 다 가기 전 딸자식이 한 살이라도 덜 먹어서 혼사를 벌일 모양이었 다. '신분 세탁기'의 힘을 빌릴 때라는 것을 용케 알았나 보다. 타 이밍이 절묘했었다.

아파트 살림이란 아침에는 동쪽에서 내려 싣고 저녁에는 서쪽 에서 정리를 마치면 이사 끝이다. 살던 곳에서도 그 사람이 이사 간 줄 모르고, 새로 옮긴 곳에서도 누가 온 줄 모른다. 세탁기가 잘 돌아간 증거다. 여기다 방향제 몇 방울을 타면 향긋한 향내까 지 나는 세탁이 이루어진다. 몇 년을 두고 벌이던 부부의 힘겨루 기도 잠시 멈추고 잉꼬부부로 모양을 갖추었을 것이다. 설령 딸의 혼사 파트너가 바뀌었다 해도 아무도 모를 것이다. 이전Before과 이 후After를 비교할 재간이 없으니. 완벽한 연출로 요조숙녀가 되어 내숭만 잘 떨면 그만이다. 그들에게는 이웃이 없다는 아파트 생활 이 얼마나 다행이라 생각되었을까.

<나는 네가 지난여름에 한 일을 알고 있다. 'I Know ….'(감독 : 짐 길레스피)>는 영화 제목에서나 가능한 일. 집 밖을 나서면 갓 태어나 막 출생신고를 마친 신생아처럼 가족 구성원 모두가 뽀송뽀송 야들야들해질 것이다. 아무리 찌들어버린 과거라는 땟

자국도 한 바퀴만 돌아가면 빨래 끝이다. 금상첨화로 외제 차 하나 쏙 뽑아 타고 다닌다면 또 다른 이름의 '몇 호 집' 사장님, 사모님, 따님 소리 들을 것이다. 운동에서만 패자 부활전이 있는 것 아니지 않은가. '안에서 새던 바가지 밖에선들 새지 않으리'란 말이 있긴 하지만. 그땐 용한 세탁기 찾아 또 다른 곳으로 떠나면 되려나?

푸어 하우스Poor, House

푸어 하우스, 불쌍한 내 집. 사철 커튼은 내려져 있고, 해가 지면 불이 꺼진 외로운 비행접시가 되어 공중에 표류하는 공간이다. 홀로 떨어져 있어야 하는 네 마음이 어떠하며, 거처 없이 전전긍긍하는 내 마음인들 온전하겠느냐. 지금쯤은 너나 나나 지칠 때도 되었다 싶구나. 더워도, 추워도, 바람이 불어도 비가 쏟아져도 잠시라도 너를 잊고 지낼 수 없었다. 돌아갈 곳이라야 오직 너의 품인 것을 내가 왜 모르랴.

두 살 터울의 딸아이 셋을 이 년 차로 차례로 시집을 보냈다. 손자들이 해마다 생겨나 합이 넷이다. 첫 손자가 일곱 살이고, 막내딸의 둘째가 두 살배기다. 외손의 출생은 자연스럽게 우리를 할아버지 할머니 반열에 올려놓았고, 내외는 기꺼이 위대한 가계 잇기 사업에 발을 담갔다. 자녀들의 유아 도우미를 자원하여 여럿 딸 집을 돌아다니다 보니 벌써 일곱 해가 되었고, 살던 집은 말뚝 하나 꽂아 놓은 양 덩그러니 홀로 비워놓고 있다. 혹자는 말할 것이다. 돈이 남아돌아 비워둘 집도 가지고 있나 하겠지.

그럴 양이면 아예 자식들과 살림을 합치라고 한다. 말처럼 결심이 쉽지가 않다. 손자 보기는 임시 임무이고, 애들이 초등학교의 고개만 넘어서면 우리는 다시 일상의 노후생활로 돌아가야 한다. 더욱이나 서울의 집값이 다락같이 높아서, 지방 것은 처분하고 올라가더라도 전세금에도 못 미친다. 집 없이 뜨내기로 사는 것하고, 제집이 있다는 것하고는 마음의 위로가 다를 것이다. 어쩌면 요즈음 유행하는 '하우스 푸어'의 연장선에 내 '푸어 하우스'도 있을지도 모르겠다. 관리 능력도 없으면서 끝까지 끌어 쥐고 있겠다는 고집, 그리고 놓치면 죽는다는 집에 대한 애착은 양쪽이 같으며 그 과정에서 겪는 고통 또한 똑같다. 단지 '하우스 푸어'는 통 큰 살림의 소치이지만, '푸어 하우스'는 우물쭈물 하는 동안 대책이 없이 시간이 가버린 우유부단의 산물이다.

이웃은 밤이면 불이 켜지고 가족들의 웃음소리가 끊이지 않을 것이다. 겨울이면 난방이 되어 온기를 더하고 여름이면 에어컨이 돌아가 땀을 식히고 있을 것이다. 주말이면 유리창을 닦고 애정이 묻어나는 잔손질로 주인의 사랑을 듬뿍 받을 것이다. 이와는 달리 주인 없이 남겨진 '불쌍한 집'은 거의 생존 차원이다. 보일러는 동파되지 않을 정도의 '외출' 기능으로 세팅되어있고, 여름에는 도둑 등쌀에 아무리 더워도 닫아 놓아야 하는 밀폐공간이다. 가물에 콩 나듯 들러 방문 한번 열어 보거나, 우편물을 거둬 가는 정도가 고작 주인의 관리능력이다. 이런 사정이라면 차라리 새 주인을 맞았으면 좋겠다 싶지 않을까?

올여름 'Poor House'가 처음으로 반기를 들었다. 주인을 혼쭐 내주려고 작심이나 한 듯 큰일 쳤다. 달포 만에 집에 들러 방문을 여니 악취가 진동했다. 마치도 무덤에 들어가는 기분이었다. 전기는 불통이 되었고 냉장고는 멈춰 섰다. 냉동실에 보관해 두었던 것들이 모두 썩어 있었다. 언제부터 부패가 시작되었는지는 알 수 없으나 냄새가 벽지에까지 찌들어 있는 걸로 보아 보름은 넘었을 것 같았다. 짐작하건대 유난히 무더웠던 삼복더위에 냉장고에서 먼저 탈이 나고, 그 결과 전기 과부하가 걸렸던 모양이다. 다행히 두꺼비집 차단기가 자동으로 내려와 있어 화를 면할 수 있었던 것이니, 불이 나지 않은 것만으로 크게 나를 봐준 것이다. 악재는 늘 엎친 데 덮친다고 했다. 부패한 것들을 쓸어내고 있는 사이 보일러에서 수돗물이 터졌다. 수돗물 울음소리가 어찌나 컸던지 참았던 울분을 쏟아 놓는 것 같았다. 관리 사무소 직원이 황급히 달려와 계량기를 잠그고 응급조치를 했고 저녁나절 보일러공의 손길이 닿아서야 상황이 종료되었다. 하루만 늦게 찾아왔어도 아래층들은 물난리를 맞았을 것이다.

모처럼 이박 삼일을 이곳에서 지냈다. 외로웠을 '푸어 하우스'에게 최소한의 애정을 주기 위해서다. 내 등의 체온이 방바닥을 덥혔다. 다시 일어나지 않을 사람처럼 깊은 잠에 빠져들었다. 불쌍한 집과 가난한 주인의 해후가 이루어진 셈이다. 사람이 거처하는 집보다, 덩그러니 비워둔 집이 더 빨리 노화된다고 한다. 독거노인처럼 집도 외로움을 타서 그럴까? 불쌍한 내 집, 일곱 해만에 이렇게 노쇠해 버리다니. 집은 긴 시간 잘도 참아 주었건만, 그러나 아직도 주인의 갈 길은 멀다. 두 살배기가 학교 문턱을 밟을 수 있을 때까지는 방랑 생활이 연장되어야 할 것 같다. 이 일은 길어야 앞으로 5년일 거라고 귀띔해 준다. 추석이 가까워지면 으레 태풍 한두 차례를 염두에 두어야 한다. 다시 창문을 걸어 잠근다. 이번에는 전기를 차단하고 수도 계량기를 잠그는 절차가 더해졌다. '불쌍한 집'에게 신신당부했다.

"똥집이라 좋다, 부디 탈 없이 버텨만 다오."

마음 약해서

승강기에 머무르는 시간은 기껏해야 10초가 되지 않는다. 한참 높은 층에서 아래까지 내려오는 시간이어도 그쯤이다. 좁은 공간은 상자 속 같고 사방이 유리로 둘러싸여 시선 두기가 여간 어렵지 않다. 고개를 바짝 들고 서 있어 보지만 어색하고 무료하긴 마찬가지다. 냉랭한 분위기를 깨뜨리기 위해서라도 앞 사람이 누구이든 먼저 인사를 건네 놓으면 조금은 온기가 살아난다. 하지만 돌부처를 만나는 날은 백약이 무효다.

같은 줄 통로에 사는 사람은 옛날 같으면 한 골목에 사람이다. 한 골목 사람들은 돌담이라는 낮은 경계 때문에 내 집만큼 남의 사정도 훤하다. 사촌이면 아버지 항렬에서 뻗어 나온 촌수이니 형제에 가깝다. 먼 데 있는 사촌보다 이웃을 더 가까운 촌수로 여기고 살았다. 서로 들여다볼 수 있는 거리이니 윗대의 제삿날까지도 서로 꿰뚫고 있었다. 어쩌다 어른 생신이라도 되면 하마나 기별이 올까 하고 마당에서 서성거리고 있었지 않았던가.

서로 문 닫고 사는 도시 생활이다 보니 덜커덩 현관문 하나만 닫아걸면 내부 공간은 철옹성이어서 옆에서 굿을 해도 모른다. 창살 없는 감옥에 비교될 만큼 철저한 외지로 살아간다. 통로에는 나처럼 뿌리를 내리고 사는 십년지기가 있다. 몇 년을 두고 같은 기구機具로 오르락내리락하고 있어도 만날 때마다 아저씨의 얼굴을 대하기가 여간 부담스럽지가 않다. 상대는 쌓인 내공이 대단하여 눈썹 하나 까딱하는 법이 없다. 어찌 매일 보는 얼굴들끼리 그렇게 근엄한 무표정을 유지할 수 있을까? 철저하게 초연해 버리는 그를 돌부처라 불러도 좋을 것이다.

팔공산 돌부처도 공을 많이 들이면 돌아서 준다는데, 아저씨는 인사는커녕 내 쪽에서 건네는 인사를 받을 줄도 모른다. 앞으로 인사하나 봐라! 벼르기를 10년을 넘게 해 오지만 다음에 타면 역시 내가 먼저 인사를 하고 그는 천정을 보는 쪽이다. 백발이나 대머리 앞에서는 습관적으로 고개를 숙이고 마는 심약한 배짱 때문이리라. 흰 머리카락이나 벗겨진 대머리는 어르신의 전유물이 아니었던가. 간혹 한약을 잘못 먹었거나 집안 내림으로 새치가 심한 젊은 늙은이가 있기도 하지만 그리 흔한 일은 아니다. 요즈음은 스트레스인지 무언지 증후군으로 머리카락이 송두리째 빠져버린 후천성 대머리도 있다. 개인적으로 서로 통성명할 기회도 없고 골목 반상회도 없으니 나이를 물어볼 수도 없는 노릇이다.

내가 퇴직한 지가 강산이 한 번 변하고도 반이 넘었는데, 그는 아직도 출근하고 있다. 그렇다면 대머리 신사는 분명 나보다 10년은 젊은 사람임이 틀림없다. 아무리 철 밥통이라고 하더라도 일흔 넘어서까지 출근할 수 있다면 신의 직장이거나 대기업 회장님이 아니고야 가능하겠는가. 그가 한약 오용이거나 스트레스로 인한 후천성으로 일찍 온 대머리일 것이라는 짐작을 하고 있다. 승강기 안에서 민숭민숭 지나기가 뭣해서 머리만 쳐다보고 올린 젊은 날의 첫 인사가 잘못되어, 지금까지 나는 그의 손아래 모양이 되어 목례를 올린다. 혹자는 속상하면 당신이 인사를 그만두면 되는 것 아니냐고 말할 것이다. 그러나 그것은 보통 사람이 할 수 있는 일이 아니다. 상대방을 빤히 들여다보고 철저히 무시할 수 있는 강심장을 가지지 못한 나로서는 자신의 정신 건강을 위해서 인사부터 당기고 본다. 얼굴을 맞대고 서 있을 괴로운 몇 초간의 번민에서 벗어나기 위해서다.

옛말이 있다. 거지 세계에도 안경쟁이나 대머리는 무리 중에서 총무라도 할 팔자라서 배곯고 살 형편이 아니라고 했다. 나는 안경을 끼었고 상대는 안경에다 금상첨화로 대머리까지 갖추었다. 서로 먹고살 처지이니 어지간하면 서로 통성명이라도 하고 지냈으면 좋으련만 내 맘 같지가 않은가 보다. 강아지도 아는 사람을 보면 꼬리를 흔들어 보이는데 사람이 이렇게 지나쳐서야 쓰겠는가? 지나친 과묵은 미덕이 아니다. 닭 소 보듯, 개 닭 보듯 할 수가 없다. 가까이하기엔 너무나 먼 당신, 오늘도 나는 젊은 늙은이에게 각근히 인사를 올리고 만다. 그러나 어이할거나, 대머리 앞에만 서면 나는 자꾸만 작아지고 있는데…….

왕王이 아니라 졸卒이 되었다

토요일 사 온 오렌지에 이상이 있었다. 겉은 멀쩡한 것이 속은 상해 있었다. 난전 물건도 아닌 대형 마트에 이런 물건을 팔고 있다니. 설상가상으로 이번 일요일은 한 달에 두 번 쉬는 휴장이다. 제 놀 것 다 놀고, 문을 열다니. 내부에는 직원들이 들락날락하는 것이 밖에서 보이지만 소위 왕이라 불리는 사람은 한참이나 밖에서 기다려야 했다. 오전 10시부터 영업이란다.

냉큼 문 열 생각을 하지 않다니. 왕은 검정 비닐봉투에 상한 오렌지 하나를 들고 있다. 가격으로 치면 그들에게는 천 원이 조금 넘는 물건이지만 왕에게는 매장 전부보다 더 귀하다. 혹시라도 아침 일찍 찾아온 재수 없는 고객이라는 눈치를 준다면 왕은 거세게 퍼부어댈 시나리오를 가지고 단단히 벼르고 있었다.

고객센터 접수순서는 당연히 내가 1번이다. "무엇을 도와 드릴까요"라는 질문을 하기도 전에 검정비닐 봉지를 계산대 위에 올려놓았다. 집에서 빨간 색연필로 밑줄을 쳐 놓은 영수증을 같이 올려놓는다. 직원은 환불을 원하는 것이냐고 물어왔지만 오렌지 한 개를 어떻게 환불을 하겠는가. 마뜩찮아 대뜸 동문서답으로 응대를 했다. 매장 품질이 이 모양이 되서야 어찌 마음 놓고 사 먹겠느냐며 불만을 쏟았다.

늘 싱싱한 과일을 팔지만 때론 한두 개 하자가 나오는 경우가 종종 있단다. '고객은 왕'이라는 구호 아래 썩은 과일을 팔아놓고 변명 늘어놓지 말라며 고약한 표정을 지었다. 대형 마트라면 얼른 죄송하다는 사과부터 앞서야 하는 것이 아닌가? 더욱이나 어제가 일요일이니 월요일까지 하루 동안을 기다렸을 손님의 불편은 아랑곳하지 않기 때문이다.

'갑'이 하는 일이 심한 것을 '갑질'이라 한다. 이럴 때는 마트가 갑질이 될까? 아니면 고객은 왕이랍시고 이른 아침 얼굴 붉히는 소비자가 갑이 될까? 비록 과일 하나에 불과하더라도 고객센터에 들고 올 정도면 그 수고도 인정받고 싶고, 왕의 아침 기분도 생각해 주기를 은근히 바라고 있었다. 기껏 환불 여부나 묻는 정도에 그치고 말았다. 아침 운동복 차림이어서 손님을 쉽게 생각하는 것이 아닐까 생각해 보지만 오렌지 하나로 법원 일 보듯 정장을 차릴 수는 없지 않겠는가.

애초에 환불은 생각이 없었다. 죄송하다는 말을 듣고 싶었다. 매장 담당자가 오렌지 두 개를 가지고 나왔다. 좋은 것을 하나 골라 가라고 했다. 하나를 골라서 가져가라기보다는 손님의 기분을 위로하는 뜻에서 둘을 내밀어 보이는 것이 장사꾼이 하는 신의 한 수가 아닐까. 공짜를 바라서가 아니다. 나는 하나를 골라잡았다.

바꿔준 오렌지는 싱싱했다. 이렇게 좋은 것을 두고 나는 왜 불량품을 골랐을까? 자신에 대한 원망을 하면서 걸었다. 과일 고르는 안목이 그것 밖에 되지 않았나 싶었다. 몇 개 되지도 않는데 썩은 것을 골랐을 리가 만무하다. 이건 아무래도 이상해. 그럴 리가 없어. 불현듯 생각이 집히는데 있어 그만 길에서 우두커니 서고 말았다. 앗, 세상에 이런 일이? 그렇게 기세가 등등하던 왕이 고개를 숙이는 순간이다.

이 일을 어쩌나! 과일 바구니에 지난 주 사 온 오렌지 몇 개가 그때까지 남아 있었던 것을 본 걸 기억해냈던 것이다. 토요일 사 온 것을 그 위에 같이 쏟아부었으니 분명 상한 놈은 전에 것이었을 것이리라. 맞아 마트는 잘못이 없어. 상한 것은 남아있었던 놈일 확률이 더 높아. 허탈에 빠졌다. 내 쪽 잘못은 아랑곳없이 남의 탓으로만 돌리다니.

나 같은 고객은 '왕'도 아니고, '갑'도 아니야. '졸'이야 졸. 내가 따졌던 모양새는 갑질이 아니라 꼴 갑질이었어. 점원에게 되돌아가 잘못을 알려주고 사과했다. 있을 수 있는 일이라며 오히려 점원이 너그러웠다. 그에게서 왕의 모습이 보였다.

　원숭이도 나무에서 떨어질 때가 있다더니 너무 자신을 믿은 내가 부끄러워라, 이 일을 어쩌나? 오렌지를 다시 계산대에 올려놓고는 얼른 잰걸음을 놓았다. 완전한 졸의 모습으로 꼬리를 내려야 했다.

지금 즐기고 바로 행복하라

옷장을 열고 살펴봅니다. 오늘은 어떤 옷을 입고 나갈까를 생각합니다. 옷이 그렇게 많지 않기에 다행입니다. 어제 입은 옷을 그대로 입는 것보다는 약간의 변화를 주면 좋겠지요. 마침 원단이 모두 같아서 옷 모양새만 조금씩 다른 정도라면 선택은 어렵지 않습니다만 이는 곧 개성이요 취향이니 누가 뭐라고 거들 일이 아닙니다. 그러나 미묘한 차이에도 마음이 즐거워질 수 있다면 마음 끌리는 것 하나를 입고 밖을 나서겠지요.

행복에 대한 이야기도 많이 있습니다. 오늘은 어떤 마음으로 하루를 보낼까를 생각합니다. 행복해지는 방법도 많겠지만 거개擧皆가 엇비슷하여 크게 차이가 나지 않아 선택이 크게 어렵지 않습니다. 자신에게 알맞은 방법이면 좋겠지요. 요즈음 유행하는 행복

이야기들을 골라보았습니다. 서로 크게 다를 것도 없어서 이 중 어느 것을 골라도 무난할 것이라 생각합니다. 행복은 계절을 타거나 개인취향이라는 이유로 크게 달라질 것이 없습니다. 마치도 원 사이즈 피트 올_{one-size-fits-all} 모자 같아서 누가 써도 어울릴 것 같아서이지요.

■ 만족이 곧 행복이다

지족상락知足常樂, 만족할 줄 알면 항상 즐겁다는 뜻입니다. 노자의 도덕경에 나오는 말이지요. 분수를 알고 무리한 욕심을 내지 않으면 걱정이 없는 즐거운 생활을 할 수 있다는 의미랍니다. 현실에 만족하면 비록 가난하게 살더라도 웃음소리가 그치지 않을 것이고, 남과 비교하면서 만족하지 못하면 불행해집니다. 늘 불만이 가득하고 긍정적이 아닌 부정적인 시각으로 사람과 사회를 바라보게 될 때 그만큼 스트레스가 쌓일 것이니까요. 범사에 감사하는 마음으로 만족하는 삶을 사는 것이 행복의 지름길이겠지요.

■ 오늘을 즐겁게

까르페 디엠Carpe diem : 호라티우스Quintus Horatius의 시에서 유래한 말입니다. 카르페Carpe는 '뽑다, 즐기다, 잡다'의 뜻이며 디엠Diem은 '날'을 의미합니다, 우리들은 '현재를 즐겨라'로 번역된 것을 즐겨 사용하고 있습니다.

이는 영화 '죽은 시인의 사회'에서 공부에 시달리는 학생들에게 선생님이 일러주는 명대사이기도 합니다. 거기에는 현재를 잡아라Seize the day로 되어 있고, 우리는 약간 변형을 만들어 현재를 즐겨라로 번역했지요. 내일을 위해 오늘의 행복을 희생하지 말라는 말입니다. 결과는 하늘이 정하는 것이고 인간이 할 수 있는 것은 과정을 즐기며 최선을 다하는 것뿐이라는 것을 강조하고 있습니다. 결과에 대한 염려로 과정을 즐기지 못하면 현재도 미래도 둘 다를 잃는 어리석은 짓이 될 것입니다. 성공해야 행복해지는 것이 아니라, 행복해야 성공한다는 것입니다.

■ 멀리보다는 당장 눈앞의 행복을

욜로YOLO는 'You Only Live Once'를 뜻하는 영어문장의 앞 글자를 딴 용어입니다. '인생은 한 번뿐이다'라는 말입니다. 자신의 지금 행복을 가장 중시합니다. 미래 또는 남을 위해 희생하지 않고 자신의 지금 행복을 위해 소비를 하는 생활입니다. 다만 오늘에 충실하겠다는 의지이지요. 적게 소유하는 삶을 통해 만든 시간과 공간의 여유를 하고 싶은 일이나 여행, 취미 등에 집중하는 것이라 하네요. 욜로족은 내 집 마련, 노후 준비보다 지금 당장 삶의 질을 높여줄 수 있는 취미생활, 자기계발 등에 돈을 아낌없이 씁니다. 이들의 소비는 단순히 물욕을 채우는 것을 넘어 자신의 이상을 실현하는 과정에 있다는 점에서 충동구매와는 구별이 되겠지요. 미래를 위해 투자했던 기성세대와는 다른 삶의 방식입니다. 아끼고 모아 부자 되기보다는 지금 가진 것으로 현재 삶을 풍요롭게 만들겠다는 가치관으로 살고 있습니다.

■ 아담하고 소박한 행복부터

휘게Hygge는 덴마크어로 웰빙Wellbeing을 의미합니다. 우리말로 직역하면 '안락함, 편안함'이란 뜻이지만 실제로는 그보다 넓은 의미로 사용되고 있습니다. 단순하고 소박한 라이프 스타일을 통해 편안함과 만족감을 느끼는 상황이나 감정까지를 포함시키고 있습니다. 덴마크는 겨울이 긴 나라로 가정에서 오랜 시간을 보내야 합니다. 이로 인해 자연스레 집안을 가꾸는 산업이 발전했으며 인테리어도 간결하면서도 편안함과 휴식을 추구할 수 있도록 꾸미는 것이 일반적이지요. 편안한 공간이 마련되면 다음은 좋아하는 사람들과 시간을 보내려고 합니다. 적은 수의 사람들이 식사를 하며 대화를 나누는 분위기가 따릅니다. 일상에서 스스로를 너무 압박하지 않고 즐거운 시간을 보내며 행복과 만족감을 추구하고 있습니다. 이것이 휘게의 생활입니다. 우리로서는 작은 것에 만족하는 웰빙쯤으로 생각하면 되겠지요.

이상에서 네 가지의 행복에 이르는 길을 살펴보았습니다. 동양의 노자도 욕심을 내지 않고 남과 비교하지 않는 삶을 권합니다. Carpe diem은 지금을 즐기라고 하고 있고, 투데이Today족은 인생은 한 번뿐이니 오늘을 즐기라고 권합니다. 미래에 있을 행복을 꿈꾸기 보다는 당장 현실에서 삶의 질을 높이는 소박한 생활을, 덴마크의 휘게 역시 현실에서 즐거운 시간을 찾으라며 아담하고 소박한 행복부터 찾아가기를 권하고 있습니다. 네 가지의 공통분모는 모두 미래가 아닌 현재의 즐거움과 행복입니다. 행복은 신의 축복으로 내려 보내지는 것이 아니라 우리 스스로 만들어가야 하는 과정 속의 것이기 때문일 것입니다. 나날의 과정이 즐거워야 결과도 마찬가지 즐거워질 것입니다. 행복은 후일 목을 빼고 발표를 기다리게 하는 행운권 당첨이 아닙니다. 그 자리에서 긁어서 100% 당첨의 즐거움을 가지는 즉석 복권이어야 합니다.

추태, 1위가 '시끄러움'이라니

　'한국 관광객 에티켓 수준 보통 이하'라 망신스럽다는 TV 보도가 나온다. 어제 오늘의 일이 아니어서 늘 반복되는 것이지만 화면에 나타난 통계치를 보면 아직 갈 길이 멀다.

　관광공사가 한국리서치에 의뢰해 올 1월부터 9월 사이 해외여행을 다녀온 만18세 이상 남녀 1천 명을 대상으로 조사해보니, 우리 국민의 해외여행 에티켓 수준은 5점 만점에 2.75점으로 '보통 이하'라고 한다. 전체 응답자 중 37.4%가 '에티켓이 부족하다'는 응답을 했다.

　특별히 우리 여행객의 부끄러운 행동 1위는 '공공장소에서 시끄러움'이었다. 뷔페 음식을 밖으로 싸서 나온다거나 호텔 비품을 가지고 떠나는 식이 그 뒤를 잇고 있다. 한때는 배고팠던 백성이라 식탐을 내는 것도, 잠자리에서 타월 한 장 챙기고 나오는 것쯤은 점점 그 빈貧한 태를 벗고 있는 참이라 다행이다. 예전보다 많이 좋아진 것이라는 평가도 있어 위안을 삼는다. 하지만 공공장소에서의 시끌벅적 소란스런 대화는 말만큼 쉽게 고쳐질 일이 아닌가 보다.

노는 행태가 분방해 곧 사고라도 칠 것 같은 서양인들이 의외로 공공장소에서는 예절이 바르다. 서로에게 폐가 되지 않도록 행동한다. 항공기가 한 시간 정도 출발이 늦는다는 기내 방송이 나와도 술렁이거나 고함 하나 들리지 않는다. 기체에 이상이 발견되어 수정 후 이륙한다니 어쩔 것인가. 큰소리친다고 고장 난 채로 이륙할 수는 없을 테니까. 그날 나는 이들의 여유로움과 너그러움에 커다란 감동을 받았다. 우리 같았으면 어떠할까를 생각하며 스스로가 부끄러웠다.

가까운 일본만 해도 서구와 다름이 없다. 예절 면에서는 오히려 더 우등 국가다. 자기 자식이 아주 작을지라도 남에게 피해를 주는 행동을 하면 야단맞는다. '남에게 피해지? じゃまでしょう?' 한마디면 훈계가 조용히 끝난다. 쟈마じゃま는 남에게 피해를 주는 말이나 행동, 감정을 상하게 하는 것을 말한다. 쟈마邪魔는 원래는 불교 용어로 악마를 지칭한 말이기도 하다. 일본의 어린이는 말을 배우기 시작할 때부터 '쟈마'에 대한 교육을 부모로부터 엄격히 받으면서 자란다. 학교나 가정에서 교육이 잘되고 일상생활을 통해 반복된 훈련을 거치기 때문에 작은 목소리의 주인공이 될 수 있었을 것이다.

내 목소리는 유난히 높다. 특히나 웃을 때는 정도가 더하다. 심하면 옆 사람을 툭툭 쳐가면서 박장대소한다. 혈액형 'O'형 덕분인지 급하기도 하지만 오지랖도 넓어 나서기도 잘한다. 이것들을 한곳에 모아보니 전형적인 '나 잘난' 못난이 모습이다. 남정네의 호탕함을 자랑삼는 경상도 지방색도 한 역할 했을 것이다. 앞으로가 더 걱정이다. 나이가 들어감에 따라 가는귀 어두워질 터이니 저절로 음정이 한 톤 높아질 것 같아서다.

우리 중에는 같은 병을 앓고 있는 이가 적지 않다. 의도적으로 자랑삼아 늘어놓는 목청 큰 수다는 과시용이요, 조심해야지 하면서도 부지불식간에 쏟아 내는 큰 소리는 습관성이다. 시비에는 곧 목소리 큰 쪽이 이긴다는 말에도 자주 도취해버린다. 병인 줄도 모르고 다수는 에티켓 부족증을 심하게 앓고 있다. 국내에서 시끄러운 사람이 해외여행에서인들 별 수 있겠는가. 집에서 새는 물바가지는 밖에서도 샐 터이니까. 열거하는 항목들을 보고 있노라니 슬그머니 화가 났다.

언어가 달라 욕을 해도 못 알아들을 나라 밖이지만 우리끼리 나누는 높은 톤의 잡담은 누구나 성가시다고 할 것이다. 우리말이 악마의 저주가 되어 그들의 귀청을 때리기보다는 음악이 되어 아름답게 흘러들 수 있도록 목소리를 아끼자. 정숙한 여행객이란 칭송을 들을 때까지.

아주머니 시비

　사모님을 '아주머니'로 불러 영창을 살고 나왔다는 우스개가 세상을 시끄럽게 하고 있다. 호칭은 오래전부터 많이 인플레이션이 되어 버렸는데 지금 와서 뜬금없는 '아주머니' 소동이라니.

　명동에 나가 "사장님" 하고 불렀더니 모두가 뒤돌아보며 사장이더라는 노래 가사처럼 낯선 남성의 통칭은 "사장님"이다. 부르는 사람은 불러서 즐겁고 듣는 이는 들어서 즐거운 것인데 아무렴, 그렇고말고 높이 불렀다면 그깟 것으로 시비가 될 수 있었을까? 낮게 평가절하해서 불렀으니 탈이 났겠지.

　또한 여성분은 중년만 넘어도 어디 가나 모두 '여사님'으로 통한다. 옛날이면 나라의 영부인First Lady에게만 붙여드리던 호칭 아니던가? 여사라 인플레 시켰다고 시비가 된 경우는 한 번도 보지 못했다. 그들은 여사 됨을 자연스레 여기며 반기고 즐긴다.

　방송인은 군부대의 높은 분의 부인을 "아주머니"라고 불렀다고 영창을 가야 했다고 개그를 했다. 그는 자신이 피해를 입었다는 것으로 꾸몄지만 그러나 정작 피해를 본 것은 방송인이 아니라 군이란 집단이다. 호칭이야 "아주머니"를 아주머니라 불렀으니 무슨 잘못이 있겠느냐마는 이런 하찮은 일 따위로 남의 집 귀한 자식을 영창이나 보내는 설정을 해 놓고 웃겼으니 마치도 사악하고 분별없는 사람들이 살고 있는 곳이 군이라는 뜻으로 오해될 수 있었기 때문이다.

　호칭이란 상대에게 베푸는 미사여구나 장식 같은 것이어서 영양가가 하나도 없는 빈 숟갈 입에 물리기다. 그러니 사장님도, 사모님도, 여사님도 어느 것을 쓴들 어떠하랴. 특별히 억한 감정으로 염장을 지를 의도가 없다면 내리기Deflation 보다는 상대를 기쁘게 할 올리기Inflation 쪽이 더 좋지 않겠는가. 같은 값이면 다홍치마 바람 부는 날 입는다고 하지 않았던가. 대접 받기를 바라거든 상대를 먼저 대접해 주라는 말은 이런 때를 두고 하는 말일 것이다. 호칭이 액면가보다 너무 높게 책정되었노라고 화내는 사람은 세상천지 없을 테니까.

된장녀

미모의 젊은 여성이 카페를 들어선다. 흔한 목도리가 아니다. 직감이 물 건너온 것이라는 생각을 했다. 애완견 몰티즈를 안고 있는 모양이 그대로 한 폭의 그림 같다. 어디 내놓아도 손색이 없을 팔등신 몸매에 말만 걸어도 지성이 쏟아 나올 것 같은 모습이다. 그녀의 손가락이 유난히 길다고 느꼈다. 시선이 여기까지 이르자 나는 마시던 커피잔을 테이블에 얼른 내려놓고 말았다.

어디서 많이 보았던 풍광이다. 맞아, 바로 그 여자야. 어느새 나는 형사 콜롬보가 되어 서구풍의 냄새가 듬뿍 풍기는 여인에 대한 기억을 쫓기 시작했다. 내가 저 여인의 무엇을 알고 있기에?

지난해 여름 아침 산책길에 만난 여인에 관한 이야기다. 여인은 공원 벤치에 앉아있었고 멀리서 본 모양은 그때도 지금처럼 한 폭의 그림 같다는 생각이 들었다.

그녀 곁에는 하얀색의 몰티즈 한 마리가 있었다. 이른 아침 이러한 분위기가 퍽 고급스럽다는 생각을 했다. 운동 중에 한눈팔아야 할 일을 맞닥뜨리면 난감해진다. 눈이 즐거우면 마음이 산만해지니 그만큼 운동 효과는 감소하게 된다. 돌아갈 것인가 아니면 정면 돌파를 할 것인가를 두고 고민했다. 벤치 앞을 지나가야 정해진 반 시간을 채울 수 있을 텐데. 그녀는 일어날 기미가 전혀 없다. 나 자신의 운동도 잡념으로 방해받고 싶지 않지만 그림 같은 숙녀의 모습도 흩트리고 싶지 않았다.

늘어뜨린 긴 머리카락을 한 번씩 쓸어 올리는 풍이 '아름다운 갈색 머리' 샴푸 CF 장면 같다는 생각이 들었다. 반기는 쪽은 그녀보다 강아지가 먼저였다. 강아지가 내 양발 사이에 들어온 순간 나는 그놈을 밀치며 방정맞은 호의를 사양했다. 순간 내 시선이 머문 곳은 그녀의 길고 예쁜 손가락이었고, 검지와 장지 사이에 담배를 끼운 모습이 노련미가 있어 멋져 보였다. 그녀의 시선은 허공에 가 있어 내가 얼른 지나칠 여유를 주었다.

전혀 난감하지 않았다. 개는 여전히 통제되고 있지 않았지만, 졸졸 따라나서서 지나가는 길손을 배웅해 주었다. 이른 아침 사람들의 왕래가 잦은 공원에서 숙녀가 담배를 피다니. 외국에서 공부하다 잠시 귀국한 부잣집 규수일까. 그럴 수도 있겠다 싶었다.

돌아오는 길, 벤치 쪽은 비어있었다. 그녀는 자리를 떠나고 없었다. 그녀가 앉았던 곳을 지나다가 화장실에서 자주 보았던 흔한 삼류 문장이 문득 생각났다. "아름다운 사람은 머문 자리도 아름답습니다."였다. 그녀가 머물렀던 곳은 결코 아름답지 못했다. 벤치 아래는 피다 버린 팔리먼트Parliament 외제 담배꽁초와 하얀 크리넥스 여러 장이 널브러져 있었다. 반시간이 채 되지 않는 짧은 시간에 대여섯 개비나 되는 줄담배를 피울 수 있었을까?

아무리 순한 담배라도 그렇지. 꽁초는 왜 어지럽게 내던져 버렸을까? 개를 데리고 나온 이유가 개 운동을 시키기보다는 응가가 목적이었나 보다. 여기저기 흩어진 휴지가 뒤처리가 말끔하지 못했음을 드러낸다. 개를 목줄 없이 풀어 놓았던 것으로 보아 오물 수거는 처음부터 생각하지 않고 밖을 나선 모양이다. 평년작 수준의 교양도 갖추지 못하고 추한 모습만 남겨놓았다. 결코, 머물다간 뒷자리가 아름답지 못했던 여성이었다.

그녀는 지금 커피를 마시고 지그시 눈을 내리감고 있다. 그녀의 머릿속은 보나마나 어지럽혀져 있을 것이다. 지난여름에 내가 보고 느꼈던 기억 때문에 요조숙녀窈窕淑女가 갑작스레 된장녀로 추락하는 순간이다. 긴 목도리에 몰티즈가 치레의 한몫을 하고 있어도 지성이라고는 한 점 찾아볼 수 없는 몽중미인夢中美人이 아니었던가. 그녀는 꼴값을 제대로 못 한 여자였다.

어디서 많이 본 듯하다는 기억을 해내기 전까지만 해도 그녀에게 눈길을 빼앗겼던 사내의 헤픈 속성 또한 진정 아름다움을 아

는 지성이라고 할 수 없을 것이다. 나도 덜 떨어진 '청국장 남'이
라 불러야 마땅하겠지.

 * 된장녀 : 비싼 명품을 즐기는 여성 중, 스스로 능력으로 소비 활동을 하지 않
   고 다른 사람(애인, 남자, 가족, 타인 등)에게 의존하는 여성들을 풍자한 유행
   어이다.

정情은 선불이다

필자는 대구고등학교 6회 졸업생이다. 고교 동창이라는 전제가 있으면 모르는 사이라도 몇 회라는 말 한마디로 이내 말을 튼다. 이런 데 익숙하지 못하면 삽시간에 거만한 놈이 되어버린다. 난데 없이 6회라는 사람이 전화를 걸어왔다. "현수야 너 참 오랜만이다." 나는 덜 친한 사이로 오해를 받기 싫어 재빨리 응답을 보냈다. "그래 오랜만이야 너도 잘 있었어?" 졸업생이 많아 한 반이 아니면 목소리만으로는 정말 아슴아슴하다. 전혀 생각이 나지 않을 때이니 호들갑이 더 심해진다. 이놈이 벌써 나를 잊었냐는 핀잔을 듣기 싫어서다.

6기생을 6회생으로 잘못 들어 버렸던 것이다. 도무지 누구인지 기억이 없다. 6회로 잘못 듣고 얼른 오두방정을 떨었지만 뒤가 이상했다. 말을 이어가기가 곤란할 정도로 답답함을 느꼈다. 상대 쪽의 첫 숨 고르기가 이루어질 무렵 내 쪽에서 백기를 들었다. 누구인지 전혀 감이 잡히지 않는다고 했다. 상대 쪽은 계속 6기라면서 말을 아꼈으며 다소 실망하는 모습이었다. '회'와 '기'가 충돌이 자꾸 나고 있었다.

6회가 아니라 6기였구나. 순간 정신이 번쩍 들었다. 도지사의 전화를 잘못 받은 소방관이 이랬을까? '회'와 '기'가 잘못 혼돈되면 남자로서는 사망 일보 직전에 다다를 수 있다. 전화 거는 쪽은 나의 12년 위의 선배님이셨다. 1년만 위여도 자다가 경기를 일으키는 조직이니, 한마디로 말해 태산 같은 어른이다. 얼른 가던 길을 멈추고 담벼락에 붙어 차렷 자세로 휴대폰을 고쳐 잡았다. "추~웅~성!" 내 쪽의 불찰을 얼른 사과드렸다. 연말연시 동창 모임이 있어 6회 동기들끼리 전화가 많이 오고 가다 보니 6기라는 말씀이 제대로 들리지 않았음을 아뢰었다.

'회回'와 '기期'는 엄청난 차이다. 살아남고자 하는 본능은 여전했다. 30년 만의 통화였지만 갑자기 불어 닥친 밀리터리 한파에 흐트러져있던 정신이 번쩍 차려졌다. 생각 밖이다. 건망증이니 뭐니 하더니만 혼이 나고 보니 30년을 뛰어넘어 신기하게도 목소리와 얼굴이 뚜렷해졌다. 지금은 세상일 다 내려놓고 편히 쉬고 계셔야 할 연세인데, 웬일일까 싶었다.

참으로 고마운 분이다. 남도의 봄기운 같은 마음을 불어넣어

주었다. 여든을 넘긴 연세에 새까만 후배 기수인 나의 목소리를 듣고 싶어서 전화했단다. 연락할 방법이 없어 여러 사람의 손을 거쳐서야 전화번호를 알 수 있었노라고 했다. 당신의 기억 속에 몇몇 남아있지 않는 후배, 그중의 하나가 나였다고 하니 얼마나 황공스러운 일인가. 말씀이 마무리될 즈음 사모님의 안부를 올렸다. 울타리 없는 사택 위아래에 살면서 우리 가족에게 고맙게 해주던 분이 아니었던가. 세상 뜬 지가 다섯 해가 넘었다고 했다. 약좋은 시절에 일흔다섯이야 노환이라 하기엔 너무 이르다는 생각을 떨칠 수 없었다.

젊을 때는 살기 바빠 짬을 못 내고, 나이 들어서는 내 늙기에 바빠 다른 이들을 만나지 못하는 시기가 일흔이고 여든이다. 앉아서 기다리기보다는 자신이 먼저 다가가야 한다는 것을 행동으로 옮긴 경우다. 윗분은 오늘 큰 것 하나를 가르쳐 주신 셈이다. 갈수록 아는 것이 넘쳐나지만, 소식을 아래쪽으로 먼저 물어줄 줄을 아는 사람은 흔치 않다. 꼭 그대로 흉내 내고자 함은 아니지만, 선배의 심정으로 후배에게 똑같은 기쁨을 나누고 싶었다. 6기 선배도 이런 마음이었겠지. 12기수 아래에서 보고 싶은 한 사람을 골랐다. 그냥 보고 싶어 전화했다며 한번 만났으면 좋겠다고 제안을 했다. 내일 어떠냐고 했더니 갑작스러웠던지 난감해했다. 주말을 제안했으나 그때는 친구 딸 결혼식에 간다며 시간이 나지 않는다고 했다. 맞아, 벌써 자녀를 결혼시키는 나이들이겠지. 후배 또한 퇴직한 지 오래 되었으니.

'저도 보고 싶었어요.' 12년 후배 기수에게서 듣고 싶었던 말이었다. 통화도 짧았다. 그는 아직 내 나이가 아니지 않은가. 아마도 아직은 젊다 보니 미완성의 일들이 많이 있겠지. 쉽게 건너지는 강이 아니었다.

나이 들면 정은 선불이어야 한다. 주지 못한 것은 받을 자격이 없다. 통화 명부에 남아있는 기록을 찾아 윗분의 전화번호를 다시 눌렀다. 내가 듣고 싶었던 말을, 여든 노인에게 황급히 올렸다. "이번 주말 점심 한번 하실 수 있을는지요?" 한 트럭이 넘을 분량의 행복 바이러스가 선배님 쪽에서 전파를 타고 내 쪽으로 흘러들어왔다. 얼마나 고맙고 생경해 하셨는지 모른다. 감기 기운이 떨어지면 곧바로 내게 연락을 주겠노라 하셨다. 여든의 노인과 일흔 청년의 재회는 순조롭게 이루어졌다.

꽃과 잡초

若將除去無非草 (약장제거무비초)
好取看來總是花 (호취간래총시화) − 朱子

베어버리자면 잡초 아닌 게 없지만 가만히 두고 보면 꽃 아닌
게 없다. 꽃이라 하여 우대받고 잡초라 하여 홀대할 것이 아니다.
잡초와 꽃의 경계는 원래가 없던 것이니까 저마다 앉는 자리가
다를 뿐이다. 때와 곳 쓰임새에 따라 잡초가 꽃처럼 대접받아야
할 곳이 있고 꽃이 잡초 취급을 받아 뽑혀 날 때가 있다. 꽃과 잡
초란 태생이 결코 그들의 중요한 경계가 될 수 없다.

잡초는 생명력이 강하여 뽑아도, 뽑아도 끝이 없다. 꽃밭에 있
는 놈은 잔디, 바래기, 쇠비름 등이 되겠고, 잔디밭에는 잔디를 성

가시게 하는 질경이, 민들레, 망초, 코스모스 따위 등이 있겠다. 주가 있는 곳에서 주되지 못하니 자연스레 '놈'이 되고 '따위'라는 수식이 붙는다.

잔디밭에 핀 코스모스는 잡초가 되어 박멸의 수모를 당한다. 세상에 꽃밭에 생겨난 잔디에 잔디 잘 크라고 물주는 바보가 있겠는가. 주류와 비주류란 묘한 인연이다. 있을 곳에 있지 못하여 '비', '따위' 자가 붙는 순간부터 운명은 처절해진다.

꽃과 잔디가 해야 할 일이란 꽃밭에서 꽃이 되고 잔디밭에서 잔디가 되는 일이다. 꽃밭에서 잔디다운 잔디가 되려는 놈은 슬프다. 잔디는 잔디밭에서 주류가 되어있을 때 사랑을 받을 수 있을 것이다. 설령 꽃일지라도 제가 있어야 할 꽃밭이 아니라면 화단 주인은 반갑지 않는 일이라며 꽃을 뽑아 내던져버릴 것이다.

부부_{夫婦}의 날에

어느 강사가 아주머니 한 분에게 주문했다. 앞으로 나와서 당신이 아주 절친한 사람 20명의 이름을 칠판에 적으라고 했다. 아주머니는 시키는 대로 가족, 이웃, 친구, 친척 등 20명의 이름을 적었다.

그러자 강사는 "이젠 덜 친한 사람 이름을 지우세요!"라고 말했다. 아주머니는 이웃의 이름을 지웠다. 강사는 다시 한 사람을 지우라고 하였다. 그녀는 친구의 이름을 지웠다. 이렇게 주문하고 지우고 하다 보니 이윽고 칠판에는 네 사람만 남았다.

부모와 남편 그리고 아이다. 강연장은 갑자기 조용해졌고 청중들은 그녀를 지켜보고 있었다. 강사는 또 다시 아주머니에게 하나를 지우라고 했다. 아주머니는 망설이다가 부모 이름을 지웠다.

강사는 다시 또 하나를 지우라고 주문했다. 이번에는 각오한 듯이 아이 이름을 지웠다. 그리고는 펑펑 울기 시작했다.

얼마 후 아주머니가 안정을 되찾자 강사가 물었다.

"남편을 가장 버리기 어려운 이유는 무엇입니까?"

모두가 숨죽이고 아주머니를 보고 있었다. 아주머니의 대답은 이랬다.

"시간이 흐르면 부모는 나를 떠날 것이고, 아이 역시 언젠가는 나를 떠날 것입니다. 하지만 일생을 나와 같이 지낼 사람은 남편뿐입니다."

부부의 날이 있다는 것을 아는 사람은 그렇게 많지 않습니다. 시쳇말로 고기를 잡으려면 떡밥을 뿌리고 낚시를 하지만 이미 잡아놓은 물고기에게는 먹이를 주지 않는다고요? 남편은 아내에게 잡아놓은 물고기가 되고 아내는 남편이 잡아놓은 물고기여서 그럴까요. 부부란 인연은 잡힌 물고기 신세가 절대 아닙니다. 부부의 인연을 맺은 그날부터 더 소중히 여기고 살아야 할 대상입니다. 당신이 잡아놓은 물고기가 무엇에 굶주리고 있는지 자주 살펴보고 있는지요. 오래 돌보지 않은 물고기는 신선도가 떨어져 아무짝에도 쓸모가 없어집니다. 부부는 서로가 서로에게 보석입니다. 귀중한 보석일수록 잘 간수하기가 어렵습니다.

요즈음 젊은이들은 부부 사이를 일심동체一心同體가 아닌 이심이체二心異體 또는 각심각체各心各體라고 합니다. 서로 다른 두 사람이 만나 각각 다름을 이해하며 하나가 되기 위해 노력하는 개념이지요. 질문의 경우가 부인이 아닌 남편이었을지라도 마지막 남길 사람은 역시 아내가 되지 않을까 싶네요. 님이란 글자에 점 하나만 밖으로 찍으면 남이 되는 세상이라지만 사랑이 있는 세상은 충분히 살만합니다. 매년 5월 21일을 부부의 날로 기념하고 있습니다. 너무 가까워 오히려 소홀했던 부부간에 서로의 관심을 일깨우는 특별한 날이 되었으면 합니다.

美世麗尼 miscellany Ⅱ

정은 선불이어야 한다. 주지 못한 것은 받을 자격이 없다

내일은 '너'라고

*오늘은 '나' 내일은 '너'. 성직자 묘지 입구 좌우 기둥에 쓰인 글이다. 하필이면 이곳에 이런 글이 있느냐 싶겠지만 공동묘지에 이것 이상으로 더 해줄 말도 없지 않겠는가? 오늘 당신이 찾아온 이곳에 당신 또한 내일 똑같은 모습으로 묻혀야 한다는 사실을 조용히 일러주는 말일 터이니.

우르르 남자들이 몰려나왔다. 목욕 중이었으니 모두들 벌거숭이다. 한 사람이 목청을 높이며 119를 부르라는 고함을 치고 있다. 한쪽에서 손전등을 가져오라는 소리도 있다. 어지간히 다급해진 상황인 모양이다. 장년 둘이 노인을 맞들고 나와 대기실 바닥에 가지런히 눕힌다. 얼굴이 무척 낯익다. 아침저녁으로 데면데면하게 운동장에서 만나던 노인이었다. 겨우 진정 기미를 찾을 때쯤

52

두 사람의 장년은 번갈아 심폐소생을 시도했다. 나머지는 모두 꾸어다 놓은 보릿자루거나 수수방관자요 들러리다. 누구 하나 도움이 되지 못했다. 두 사람만 땀범벅이 되어 교대로 가슴을 눌렀다 놓다를 반복하고 있다. 외형으로는 이미 죽은 몸처럼 반응이 보이지 않는다.

속수무책의 상황이었지만 119에 신고하는 것은 잽싸게 했다. 맥도 한번 잡아본 적도 없는 숙맥들이 맥은 어디서 들어서 맥박 뛰느냐고 물어본다. 무엇 하나 도움을 주지 못하는 무능력이 부끄러워졌다. 나는 발만 구르고 있어야 했다. 분홍색 옷을 입은 구조원들이 뛰어들어올 때는 10분이 채 되지 않았다, 모든 것이 순간순간이었다. 소방차와 구조차량은 경광등을 번쩍이며 병원으로 곧바로 향했다.

오늘따라 몸이 으스스 추웠다. 갑자기 추워진 날씨 때문인지 한기가 들고 손발이 차가워지기 시작했다. 병원에 가보라고 아내가 닦달을 했지만 몸살일 거라며 목욕탕에 가서 푹 쉬고 오겠다는 흥정으로 결말을 보았다. 우리 집은 목욕탕 바로 앞이어서 아파트 창에서 내려다보이는 곳이다. 평소 목욕시간은 매우 짧아서 30분을 넘지 못한다. 그러나 오늘만큼은 푹 쉬고 오겠다며 기다리지 말라고 언질을 해 놓았던 참이다. 틀림없이 식구가 사이렌 소리에 놀라 목욕탕을 내려 보았을 것이고 직감적으로 몸이 불편하다고 나간 남편에게 있을 수 있는 최악의 시나리오로 가슴을 쓸어내렸을 것이다. 얼마나 놀랐을까? 평소에 달고 다니는 고혈압을 생각하니 여간 걱정이 아니다. 내 머릿속은 이제 죽은 사람 걱정에서 산 아내 쪽으로 재빨리 돌아서고 있었다. 다행이다. 아내는 오래 걸릴 거라는 귀띔에 힘입어 집을 비우고 마트에 나가 딴에는 간만에 꽤 오랫동안 장보기를 했던 것이다. 험한 꼴 보지 않아 천만다행이다.

가족들에게는 마른날 벼락이요 하늘이 무너져 내렸을 것이다. 그러나 노인의 입장에서 보면 죽는 복 하나는 타고 난 분이다. 유감이다, 미련이다, 밉다, 곱다, 좋다, 그르다 쌈을 가를 겨를도 없이 찰나에 먼 길 선택을 받다니. 기도가 지극했거나 아니면 평소 부처님 공덕을 많이 쌓아 왔거나 흔히 말하는 조상 묘라도 잘 쓰지 않고서야….

목욕재개하고 육신의 때를 말끔히 걷어내고 정갈한 모습으로 먼 길 가시다니. 떠난 곳이 연안부두가 아니어서 다행이다. 정신 줄 잡았다 놓았다 이별 수가 길지 않아서 다행이다. 중환자실 병상이 아니어서 고통을 덜 수 있어 다행이다. 현대인의 기본여정으로 손꼽는 양로원을 거치지 않았으니 다행이다. 이런 여행상품이라면 누구나 웃돈 건네서라도 따라 나서고 싶을 것이다.

어느 시인은 죽음이란 오랜만이라면서 갑자기 어깨를 툭 치며 다가오는 불청객으로 표현했다. 전혀 예기치 않은 시간에 예기치 않은 모습으로 갑작스레 맞이해야 하는 것이 이것이다. 이번 변고도 가끔 있을 수 있는 일이니 누구라 감히 예외일 수 있을 것인가. 우리 중 누구의 어깨를 툭 친다 한들 대꾸나 거절 없이 그 노인의 자리에 같은 모습으로 눕혔을 것이다.

저녁 뉴스를 틀어 놓고 있었지만 동네 사고 소식은 나오지 않았다. 아무리 죽는 복을 부러워한다지만 그래도 노인들은 죽음을 탐하지 않는다. 개똥밭에 굴러도 이승이 더 낫다고 노래하지 않던가. 다시 살려냈기를 바라는 마음 간절하지만 아무래도 우리가 보았던 마지막 상황에서 종료되었을 것이다. 탈도 많고 말도 많은 계절이라 뉴스거리에 올라가지 못했는지도 모른다. 하루해가 채 저물기도 전에 오늘 일은 우리들의 관심 밖으로 밀려나고 있다. 하마터면 내 어깨를 툭 칠 뻔했던 그 친구도 잊고 잠자리에 든다. 아마도 날이 새면 오늘은 '나' 내일은 '너'를 까맣게 잊고 살아갈지 모른다.

* Hodie mihi, cras tibi
  오늘은 나에게, 내일은 너에게
  대구 성모당에 위치한 가톨릭성직자묘소 입구에 새겨진 문장이다.

아버지의 뜻대로

- 마티아 신부님 퇴임식을 다녀와서

    한동네에서 까까머리로 자라 서로 다른 길 길게 돌아, 친구 신부님 정년 퇴임식에 앉았네. 당신 앞에 얼핏 설핏 비추었을지도 모를 판사 검사 의사 어느 '사'자보다 사제 되길 잘했구려. 마티아 신부님 오늘따라 더 멋있어 보인다.

    아버지의 뜻대로 이루어지게 하소서(마태6. 10). 높은 걸개그림 내어 거셨구려. 지난 세월 반추하며 42년의 사제생활 퇴임 미사를 드리고 있네. 아버지의 뜻대로 시작하여 그 직무 마감하는 자리 련만, 퇴임 후에도 늘 아버지의 뜻이 함께하기를 간청하는, 사제의 길.

    아버지의 뜻보다는 본인 뜻대로가 더 많지 않았나를 송구해 하는 모습. 그건 나 같은 사람이나 할 소리지. 가는 곳마다 훌륭한 사제라는 입을 달고 다녔어도 자신의 성적을 볼품없이 매겨버리는 그 겸손, 친구여 난 어찌할거나? 주님의 요구 수준이 그렇게 높다면.

성소의 길을 따라 묵묵히 걸어온 신부님 길은 때 묻지 않아 순백색의 순수함이다. 성당 식구들이 퇴임미사 준비하는 동안 창밖은 간밤에 흰옷으로 갈아입었다네. 친구 머리에도 어느덧 흰 서리가 내려와 있고.

신부님 소임은 대부분 특수 사목이었지. 군, 학교, 병원, 교구청, 해외파견이라니, 사목자이기보다 직장인에 가까운 삶. 큰 살림 사는 자리라 사무실 냄새가 나기도 하고 정남이가 본당신부만 했겠나 그제?

숲속 공기 좋은 곳 '자그마한 본당'에서 교우들과 알콩달콩 오손도손 작은 살림 오래 사려나 했더니, 허리 좀 펴는가 싶더니. 아니 벌써 퇴임식이라니. 참, 사제는 퇴임은 있어도 퇴직은 없다고 그랬었지. 영원한 사제 예수님 길이어서 그럴까.

한 번 해병이면 영원한 해병으로 살아야 하는 군인처럼 신부님은 퇴임식이 아니라 출정식 모습으로 아직도 늠름하고 든든하구나.

"용서하라, 이것이 사랑의 첫 걸음이다. 사랑하라, 사랑하는 사람이 사랑을 받는다" 가진 것 없이도 줄 사랑이 넘치시는구나. 친구 신부님 귀한 강론 받아 적고 성당 문을 나서네.

통념도 없어지고, 눈치코치도 엷어지는 일흔을 넘긴 나이. 늘그막 우리 한번 편해 봄세. 다시 만나거든, 만날 수 있거든 우리도 한번 껄껄껄 호탕도 해봄세. 부탁 하나 해도 되려는지? 바늘귀만큼 작은 구멍을 통과한다니 난 영 자신이 없어서 하는 말일세. 훌륭한 친구 덕에 강남 구경 따라가듯 술술 나서고 싶구려.

2017. 1. 22

나루터에서 영화 '피아노'를 생각하다

한국 최초의 피아노를 들여온 곳이 사문진 나루터다. 미국인 선교사 부부의 피아노였다. 이 피아노는 샌프란시스코를 출발해 일본과 부산을 거쳐 낙동강 짐배에 실려 이곳을 통해 들어오게 된다. 1900년 3월 26일의 일이다. 당시 사문진 나루터는 낙동강 물류의 최대 중심지였다. 사문진 나루터에 내려진 피아노는 육로로 선교사 부부가 사는 대구 약전 골목까지 운반되었다. 열악했던 해상과 육상 운송수단을 고려할 때 대단한 일이 아닐 수 없다.

피아노가 작고 가벼운 물건이었다면 아마도 사문진 나루터의 이야깃거리가 되지 못했을 것이다. 대리석으로 정교히 다듬은 돌 피아노 한 대가 나루터 중앙에 기념비로 놓여 있다. 피아노 앞에 앉아 건반을 두들겨 보았다. 물론 돌에서 피아노 소리가 날 리가 없다. 그러나 피아노를 그토록 좋아했을, 마음이 음악처럼 고왔을 선교사 부부의 따뜻한 마음이 내 손끝에 전해짐을 느낄 수 있었다. 나루터에는 2012년부터 매년 100대 피아노 콘서트가 열리고 있어 화젯거리가 되고 있다. 올해로 6회째 맞이한다. 가벼운 바이올린이나 색소폰이라도 놀랄 만큼의 숫자다. 100대의 피아노가 차량에서 내려지는 것을 상상해 보아도 이것은 감히 엄두가 나지 않을 이벤트다.

오래전 감명 깊게 보았단 영화 '피아노'가 문득 생각났다. 여성 감독 제인 캠피온Jane Campion의 '피아노Piano'라는 영화다. 영화 속 시대적 배경도 19세기 말이니 조선 시대 사문진 나루터에 도착한 피아노와 동시대였을 것이다. 피아노는 절대 가벼운 물건이 아니어서 지금도 이삿짐 중에서 언제나 난감하게 여기는 물건이지 않는가. 이런 어려움 때문에 영화 속 여주인공 '에이다Ada'는 파란만장한 인생길을 걸어야 했다. 피아노만 에이다가 원하는 곳에 순탄하게 옮겨다 놓을 수 있었더라도 한 여자의 일생 또한 순탄하였을 것을.

에이다는 20대의 영국 미혼모다. 여섯 살 때부터 말하기를 그만두고 침묵을 선택한 그녀를 세상과 이어주는 유일한 통로가 피아노였다. 얼굴도 모르는 남자 '스튜어트Stewart'와 결혼하기 위해 뉴질랜드에 도착한다. 그러나 선원들은 그녀와 피아노를 해변에 내려놓고 가버린다. 그녀를 맞이했던 결혼 상대자 스튜어트 역시 물건이 무겁고 부피가 커서 도저히 집에까지 가져갈 수도 없고 가져간다 하더라도 집안이 좁아 놓을 자리가 없다며 포기를 강요한다. 그녀의 유일한 꿈이 산산조각이 나버렸다.

이 시기에 스튜어트의 친구 '베인스Baines'가 제안을 한다. 스튜어트가 가장 가지고 싶어 하는 땅과 해변에 방치한 에이다의 피아노와 맞바꾸자는 것이다. 그리고 한 가지 조건은 에이다가 피아노 개인교습을 자기 집에서 해 달라는 것이다. 계약은 성사되었다. 베인스와 에이다는 피아노 레슨을 매개로 자주 만나게 된다. 남녀의 일이란 참으로 묘한 것이어서 시간이 갈수록 정이 깊어진다. 이 사실을 알게 된 남편 스튜어트는 흥분한 나머지 에이다의 손가락을 잘라버리고 결별을 선언한다. 결국 베인스와 에이다는 피아노를 싣고 뉴질랜드에서 영국으로 쫓겨나게 된다. 영화의 절정은 에이다가 문제의 피아노를 바다에 버리기를 결심하고 에이다 자신도 피아노에 몸을 묶어 함께 죽음을 택하는 데 있다. 다행히 물속에서 에이다는 마음을 바꾸고 간신히 탈출하나 피아노는 영영 바닷속으로 수장된다.

영화는 에이다와 베인스의 해피엔딩으로 끝난다. 그녀의 마지막 독백이 압권이다.

밤에는
바다 무덤 속의 내 피아노를 생각한다.

그리고 가끔은 그 위에 떠 있는 나 자신도.
그 아래는 모든 게 너무도 고요하고 조용해서
나를 잠으로 이끈다.
그것은 기묘한 자장가이다.
그리고 나의 자장가이다.
소리 한 점 없는 고요함이 있다.
소리가 존재할 수 없는 고요가 있다.
깊고 깊은 바다 차가운 무덤 속에.

위 인용한 구절은 에이다가 바닷속에 남겨놓은 자신의 피아노를 그리워하는 대목이다. 에이다는 자신의 운명이 마치 버려진 피아노와 같다는 생각을 떨칠 수가 없었다. 소리가 있을 수 없는 피아노지만 그녀에게는 기묘한 자장가가 되어주고 있다. 소리 한 점 없는 고요와 소리가 존재할 수 없는 고요함이라는 표현이 깊은 감명으로 남는다. 이는 토마스 후드Thomas Hood의 '고요Silence'라는 시의 한 구절이기도 하다. 조용한 배경음악 아래 에이다의 독백이 흐르면서 영화는 침묵으로 막을 내린다. 서툰 번역이지만 시의 원문을 참고 자료로 첨부하였다.

고 요 / By Thomas Hood

소리 한 점 없는 고요함이 있다
소리가 존재할 수 없는 고요가 있다
깊고 깊은 차가운 바닷속 같은 고요

혹은 살아있는 것이라고는 없는
고요에 줄곧 길든
깊은 잠에서 영영 깨어나지 못할,
사막 같은 고요가 있다.
무음도 오히려 소란스럽고,
한적함도 되레 번거로운 곳
오직 구름과 그 그림자만이
자유롭게 떠다니는 곳
놀리는 땅을 탓하는 이도 없는 이곳에;

허나, 초목이 우거진 폐허,
누군가 살았을 고택의 허물어진 벽들,
회색여우, 하이에나가 울음 울고,
부엉이는 낮은 울음 울며
화답 보내며 날아다니는 곳
이곳에도 고요는 있다.

진정한 고요는,
양심을 가지고 혼자 머무르는 곳에 있다.

Silence / By Thomas Hood

There is a silence where hath been no sound, There is
a silence
where no sound may be,
In the cold grave—under the deep
deep sea,

Or in the wide desert where no life is found, Which
hath been mute, and still must sleep profound;
No voice is hush'd—no life treads silently, But clouds
and cloudy shadows wander free, That never spoke, over
the idle ground:

But in green ruins, in the desolate walls Of antique
palaces, where Man hath been, Though the dun fox, or
wild hyena, calls, And owls, that flit continually between,
Shriek to the echo, and the low winds moan,

There the true Silence is, self-conscious and alone.

가니 더 반갑고

어느 날 돌아가신 부모님이 홀연히 다시 살아오신다고 하자. 이런 축복이 어디 또 있을 거냐며 마냥 기뻐하겠지? 생전에 못다 한 사랑 두고두고 오래 드릴 수 있을까? 언제 다시 떠나실 건지는 여쭙고 싶지도 않을는지?

손자들이란 꿈에도 보고 싶은 존재다. 마침 방학 중이라 열흘 정도 짬을 내어 다녀간단다. 이곳에 온 지 일주일이 채 되기도 전에 마음이 달라지기 시작한다. 언제 돌아가는지 벽에 걸린 달력을 몇 번이나 훔쳐보고 있다. 가는 날짜를 셈하고 있다.

뒤처리가 장난 아니다. 방은 난장亂場이 되고 화장실은 공중변

64

소 수준으로 변하고 있다. 올 때 반가운 손주 갈 때는 더 반갑더라는 이야기 빈말 아니더라. 갈 날이 가까워져 오자 아내와 딸 사이에 승강이가 벌어진다. 알뜰하게 잘 살아야 한다는 잔소리 때문이다. 자식도 나이가 마흔이 넘었는데 내정간섭으로 여겨서 섭섭했던 모양이다. 무척 보고 싶어 안달하더니 이렇게 빨리 동란動亂이 날 줄은 몰랐다. 이런 식이면 다시는 너희들 집에 안 갈 거라며 선전포고를 했다. 아내가 중요 전략무기로 공격을 시작하자 딸아이는 재빨리 핵 버튼을 눌러 대륙간 탄도탄 I.C.B.M을 날렸다. 앞으로는 엄마가 오라고 사정한들 친정에는 결코 걸음 하지 않겠다는 성명을 쏟아냈다.

돌아가신 부모가 다시 오실 리가 없다. 설령 살아온다고 해도, 그때 그 시절과는 달리 편안하게 해 드릴 재간이 없다. 열흘 정도나 조용하게 지낼 수 있을까에 대해 의문이다. 모르긴 몰라도 부모님 쪽에서 먼저 부활은 싫다며 천국으로의 귀거래사를 읽으실 것이다. 산다는 것은 서로 부대끼는 일이다. 혹시나 예외가 있다면 그것은 심청전이요 구운몽이 되리라. 부모이든 자식이든 사람 사는 것이란 멀리서 그리워하는 것으로 사는 맛은 더 감칠 것이다.

어제 온 것 같은데 벌써 열흘인가? 짐을 메어놓고 출발을 기다린다. 양쪽 모두 마음이 무겁다. 모녀의 눈시울이 뜨겁게 붉어져

간다. 그래 맞아, 이게 바로 사람 살이야. 아쉬움에 손자들을 안고 또 안고 해 보지만 아이들 마음에는 할아버지 할머니가 벗어나 있다.

많은 비가 오기를 바랄 것인가? 날씨를 빙자해 딸아이 일행이 며칠 밤 더 묵고 가라는 핑계라도 될 수 있다면. 자식들을 배웅하고 돌아오니 빈집이 더욱 허전해진다. 열흘간의 짧은 행복, 긴 후회만 남았다. 손주들 얼굴이 벌써 보고 싶어진다. 좀 더 잘 해 줄 걸 그랬지. 우리는 중얼 거렸다. 오니 반갑고 가니 더 반갑고.

노벨문학상에 대한 생각

Bob Dylan이 노벨 문학상 수상자로 발표되던 날 세상은 이변이라며 놀라기도 하고 술렁거리기도 했다. 후자의 사람들은 그가 가수였다는 것만 알았지 작사가Song Writer라는 사실을 잘 몰랐을 것이다. 아울러 음악 가사가 詩로 써질 수가 있다는 것도 생소했을 것이다. 좋게 생각하는 이는 문학의 외연이 넓어졌다며 시적詩的 은유와 운율로 된 노랫말이 문학이 되고도 남는다고 했고, 곱지 않게 보는 이는 가수도 반전反戰, 반反체제 의미를 담은 가사를 쓰면 가수로 보지 않고 저항시인으로 보는가 하는 식의 빈정거리는 꼬리를 달기도 했다. 극단적인 사람은 노래도 문학인가 하는 우문愚問을 던지기도 할 것이다. 논란은 후일 전문가들이 몫으로 남겨두자. 차제에 그의 노래 "바람만이 아는 대답Blowing in the Wind" 가사를 다시 한번 음미해 보았다. 이것이 시詩가 아니라면 다른 무엇이란 말인가? 그의 수상은 당연하다고 생각하였다.

How many roads must a man walk down
사람은 얼마나 많은 길을 걸어야
Before you call him a man?
사람이라고 불리울 수 있을까?
Yes, 'n' how many seas must a white dove sail
흰 비둘기는 얼마나 많은 바다를 건너야
Before she sleeps in the sand?
모래밭에서 편안히 잠들 수 있을까?

Yes, 'n' how many times must the cannon balls fly
얼마나 많은 포탄이 날아가야
Before they're forever banned?
영원히 포탄 사용이 금지될 수 있을까?

Yes, 'n' how many years can a mountain exist
산은 얼마나 오랜 세월을 서 있어야
Before it's washed to the sea?
바다로 씻겨갈 수 있을까?

Yes, 'n' how many years can some people exist
도대체 얼마나 많은 세월을 살아야

Before they're allowed to be free?
자유로워질 수 있을까?

Yes, 'n' how many times can a man turn his head,
도대체 얼마나 여러 번 고개를 돌려야
And pretend that he just doesn't see?
보이지 않는 척할 수 있을까?

The answer, my friend, is blowin' in the wind,
친구여, 그 대답은 바람결에 흩날리고 있다네
The answer is blowin' in the wind.
그 답은 불어오는 바람 속에 있다네

　그동안 난해한 소설이나 詩로 수상해온 유명 문인들의 작품이 우리들의 눈높이보다 저만치 멀리 있어 싫증을 냈음을 생각해 보면 이번의 노벨 문학상 결정은 크게 환영을 받아 마땅하다고 본다. Bob Dylan이 무대 생활 50년 동안 직접 쓰고 또 불렀던 노랫말들이 어느 것 하나 문학이 아닌 것이 있으랴. 시인이면서 가수이기에 가수가 받을 음악상이 아니라 시인이 받은 문학상으로 보아 주면 편하게 그에게 박수를 칠 수 있으리라. 문학의 외연을 넓혔다는 전자의 평가에 더 무게를 실어 한 시인 가수의 문학상 수상을 함께 기뻐하고 싶다.

용재 그리고 섬 집 아기

비올라Viola를 들고 무대에 오른 용재 오닐은 턱없이 순박한 시골 청년 같은 인상이었다. 서른여덟이니 우리 집 막내와 같은 나이지만 막내보다 더 앳돼 보였다. 바흐의 브란덴부르크 무반주 첼로 곡을 비올라라는 작은 악기에 담아내면서 청중에게 인사로 가늠했다. 그의 토크쇼의 말미에서는 그만의 명연주 '섬 집 아기'로 공연을 마무리 지었다. 지금까지 알려진 여러 가지 한국 내 자선 활동에 비해 유별나게 우리말이 서툴러 공연 내내 외국인을 상대하는 듯한 모습으로 조금은 불편했다. 젊은 나이에 치열했을 음악에 대한 열정 때문에 모국어로서의 우리말은 앞으로도 얼마든지 배울 시간이 있을 거라는 생각으로 더는 개의치 않기로 했다.

일찍이 그의 비올라 연주는 국내 팬들에게 친숙하다. 16세기

선율 La Romanesca가 그것이다. 나로서는 기타 곡으로 편곡한 Mertz의 La Romanesca로 애를 먹은 적이 있다. 수년 전의 일이다. 운지雲脂가 어려웠지만 비올리스트violist 용재 오닐이 연주했다는 곡이라는 것에 힘입어 겨우 한 곡을 마칠 수 있었다. 당시로서는 '섬 집 아기'가 그의 18번 연주곡이 되어 인터넷 유튜브를 뜨겁게 달구고 있었고 몇 개의 방송사에서 경쟁적으로 용재의 다큐멘터리를 올리고 있었기에 음악에 그리 밝지 못했던 나 같은 말석의 음악 둔재도 그의 유명세 영향으로 이름 석 자 정도를 익히고 있었던 것이다.

연주에 대한 이해를 극대화하기 위해서는 연주자 개인사나 개성personality을 미리 알아둘 필요가 때때로 있다. 용재 오닐의 자라온 개인사를 아는 사람이라면 그의 비올라 연주가 남다르게 가슴에 와 닿을 것이고 그만의 음악 속으로 안내될 것이다. 우리에게는 다행히 몇 편의 드라마를 통해 그의 가족사가 매우 소상하게 방송으로 소개되었기 때문에 방청객들의 애정과 응원이 남달랐을 것이라는 생각을 해 본다.

RICHARD YONGJAE O'NEILL, 용재는 용기勇氣와 재능才能을 의미하는 이름이며 O'NEILL이 성姓이다. 그의 어머니 콜린 오닐은 전쟁고아로 1957년 미국으로 입양됐다. 어려서 열병을 앓은 뒤 정신 지체를 가지게 됐고 미혼모인 채로 용재를 낳았다. 용재는 5살 때 바이올린을 시작해 이후 20년에 걸친 비올라 연주를 하고 있으며 비올라로서는 유일하게 줄리아드 음악원의 '아티스트 디플로마 프로그램'에 합격한 한국계 비올리스트이다.

그는 주로 할아버지 할머니 슬하에서 자라났다. 할아버지가 연로하여 운전이 어려워지자 할머니가 대신하여 용재를 태워 먼 곳까지 음악 지도를 받으러 다녔다고 한다. 할머니는 어린 용재를 지극 정성으로 돌봐주었으며 수업을 받는 동안에도 늘 용재 가까이에 있었다고 하니, 맹모삼천이 따로 없다. 그가 음악을 듣고, 공부하고, 연주하며 겪은 매우 사적인 음악 에세이집 『나와 당신의 베토벤』에서 그의 할머니에 대한 회상을 이렇게 하고 있다.

1999년의 여름 할머니가 돌아가셨을 때 그는 여전히 어린 소년이었다. 매일 밤 잠자리에 들기 전 할머니 품에 안겨 동화책을 읽던 철부지 손자였다고 고백한다. 할머니를 잃자 어린 소년은 울고 또 울었다.

"내 목소리를 듣지 못하는 할머니에게 내가 얼마나 당신을 사랑하는지 얼마나 당신을 필요로 하는지 거듭 이야기 했다. 할머니를 잃은 후 암흑이 드리워진 내 마음은 구름 한 점 없는 화창한 바깥세상의 햇살과 철저히 단절되었다. 단절감은 갈수록 깊어져 마침내 도저히 견딜 수 없는 지경에 이르렀다."

용재에게는 할머니와 어머니의 의미는 같았을 것이다. 한인현 작사, 이흥렬 작곡의 '섬 집 아기'가 그의 18번 연주곡이 된 이유가 명징해진다. 이 노래는 마치도 용재를 위해 태어난 곡처럼 안

성맞춤으로 그에게 다가갔을 것이다.

"엄마가 섬 그늘에 굴 따러 가면/ 아기가 혼자 남아 집을 보다 가/ 바다가 불러주는 자장노래에/ 팔 베고 스르르 잠이 듭니다."

그리움과 애절함이 밴 노래였지 아니한가.

용재는 비올라를 여타의 악기를 보조하는 역할에서 동등한 한 개체의 악기 반열에 끌어올린 선구자다. 현악 4중주는 우리가 알다시피 제1 바이올린, 제2 바이올린, 비올라, 첼로 4대의 현악기로 연주를 한다. 제1 바이올린은 소프라노 선율을, 제2 바이올린은 제1 바이올린을 든든히 받쳐주는 역할이다. 그리고 비올라는 제2 바이올린과 비슷하지만 이보다 한 단계 아래에서 다른 악기를 받쳐주는 베이스 라인을 연주해 왔다. 용재가 지금까지 전념해온 베토벤 현악 4중주에서는 비올라의 역할은 사뭇 다르다. 악기 하나하나가 동등한 비중을 차지하도록 하는 점. 즉, 악기의 평등주의가 젊은 용재의 마음을 사로잡고 있다.

앞으로의 꿈이나 포부에 대해서 사회자가 물었다. 세상의 이목을 받는 야망에 찬 젊은이로서 대단한 것을 이야기하리라 생각했었으나 전혀 허세를 떨지 않았다. 그는 실로 겸손했다. 그의 화두는 다시 그를 키워준 조부모님 이야기로 돌아갔다. 외할아버지 내외가 늘 '네가 인생에 성공하려면 남보다 더 노력하는 길밖에 없다'는 말씀을 잊지 않고 살아왔다며 앞으로도 점점 더 잘할 수 있는 연주자가 되어야겠다는 것이 자기의 포부라고 했다. 더 나은

연주? 예술가는 살아있는 한 그의 작품을 결코 완성품으로 조용히 남겨둘 수 없다는 말처럼 들렸다. 용재는 역시 비올라의 거장다웠다.

사진작가를 칭송하며

글 쓰는 이는 글로써 세상을 읽기에 시인詩人을 시인時人이라고 하고, 바둑 두는 이는 바둑알로 상대와 대화를 나누기에 수담手談이라는 별호를 붙이기도 한다. 사진작가는 렌즈를 통해 세상을 보면서 가타부타하는 사람이어서 예사 사람들이 잘 보지 못하는 멀리 혹은 깊숙한 것들에 시선을 둔다. 화려함을 겨누고 있지만 실은 피사체 뒤의 외로움을 만지고 있기도 하고, 낡은 것을 비추면서 새것을 추구하고, 이래서는 안 된다며 소리를 지르는 고발자가 되어 주기도 한다.

똘똘한 사진 한 장이 웅변보다 울림이 크고, 두꺼운 전집보다 깊이 있는 감명을 줄 때가 많다. 사진작가는 찰나에 승부수를 던지는 영상예술가이다. 찰칵 단발마 기계음에 대어를 낚는 강태공이 그들이다. 늘 주위를 살피는 깊은 안목의 사색인, 초점을 모았다하면 거침없이 본능을 쏟아내는 정열의 신사. 두리번거리며 세상을 살펴보는 안목 있는 사람. 동가숙東家宿 서가식西家食도 출사를 다녀도 그에게는 멋이 되는 자유인. 고난도의 활동 예술가, 통칭하여 이들을 사진작가라 부른다.

Ph. D. 카메라

디지털시대가 되면서 카메라도 거리, 밝기, 셔터속도 등을 일일이 조절할 필요가 없어졌다. 전 자동이 되어 찍기 기술의 평균화가 이루어졌다고나 할까.

일부 소수의 전문 작가의 작품 출사가 아니라면 어지간한 장소에서도 초입자도 불안해할 필요가 없다. 셔터를 누르기만 하면 만사형통이다. 척척 알아서 일을 해 내는 요물에 박사 칭호를 줄만도 하지 않는가?

Ph. D. 는 원래 철학박사의 호칭이지만, 철학을 모든 학문의 근간으로 여기는 서양에서는 일반적인 박사학위를 두루 Ph. D.라 부르고 있다. P. H. D 카메라도 기계에 상당한 대접을 해 주어 박사 칭호를 부쳐준 줄로만 알았다.

사진기의 P. H. D는 상당히 엉뚱하다. 대접하고는 거리가 먼 조롱 섞인 비아냥거림이라는 것에 놀라지 않을 수 없었다. 내용인즉 P. H. D가 "등신아 여길 누르기만 하면 돼! (Push Here Dummy!)"의 첫머리 글자를 딴 것이라나?

서양사람들 재치가 여간 아니다. 물론 나도 셔터 정도만 누를 초입의 실력이다. 블로그에 사진 카테고리를 정하면서 일련번호 앞에 Ph. D. 를 붙여서 순서를 정했다. 바보라도 찍을 수 있는 사진기를 들이대고 찍은 스냅사진을 무슨 배짱으로 작품 몇 번이라고 하겠는가.

내 비록 P. H. D 수준이지만 언젠가 사진박사 소리 한번 들어야 할 터인데… 디지털 자동카메라로는 Ph. D의 길이 요원할 것을 잘 알고 있다. 그렇다 하더라도 봄이면 봄꽃이 있는 데로 가을이면 가을 단풍이 있는 데로 계절을 담기에 바쁘다. P. H. D 카메라는 나를 놀리고 있다. "등신아 여길 누르기만 하면 돼."

국향만리 菊香萬里

국향만리 菊香萬里란
국화의 향기가 만 리까지 퍼진다는 뜻이다.
이는 젊은 날 선배 한 분이 보내준
수묵화 水墨畵 제목이기도 하다.
그림 선물이란 지금도 그렇지만
누구에게나 부담이 될 수도 있었을 70년대의 일이다.
그림을 만나면 단번에 누구의 몇 호짜리 그림이냐가
내 안목의 전부였던 때인지라
보낸 이의 마음을 어찌 쉬이 헤아릴 수 있었으랴.
40년이나 오래전의 일이고,
<국향만리> 그림도 잦은 이사 통에 망가지고 없지만

사자성어만은 기억에 남아있다.

후일 선배를 대면할 기회가 있어

그의 의중을 전해 듣고 큰 울림을 받았지만

그것도 잠시일 뿐

아직도 자신에게서 나야 할 향기는 모르고 산다.

국화 앞에서

국향만리를 떠올리며

나의 향기를 자가진단自家診斷하고 싶다.

있지도 혹은 없을지도 모를

내 향기는?

향 싼 종이의 향내일까?

생선 싼 신문지에 밴 비린내일까?

모진 세월 저잣거리에서 살아남기도 녹록지 않았을 터

분명 저린 비린내에 가까울 것이라는

두려움이 앞선다.

가을 단상斷想

밟는 소리, 태우는 냄새까지 문인들은 낙엽을 좋아했다. 구르몽의 <낙엽>이 그렇고, 이효석의 <낙엽을 태우면서>가 그러하다. 낙엽은 가을 정취에 늘 중심에 있어왔다.

지난날 가을은 문인들이 주도했다면 디지털 시대인 지금에는 TV 영상물이 주도하고 있다. 들판의 황금물결이나 붉게 타들어 가는 산, 그리고 그 속 산사에서 들려오는 풍경風磬소리까지 시청자들은 입체적으로 가을을 즐기고 있다.

때론 드론을 띄워 한 차원을 더하기도 하고, 헬기 위와 아래에서 서로 반가운 손짓을 나누는 장면까지 연출한다. 영상물이 새로운 엔터테이너로 자리매김한 덕분에 우리는 팔도를 넘어 세계의 가을까지도 안방으로 끌어들인다.

우리는 유독 가을이란 계절이 너무 짧다고 한다.

그러나 가을은 다른 계절에 비해 결코 짧지 않다. 여름 건너 바로 겨울로 뛰는 것인 양 착각에 빠질 뿐이다. 9월부터 시작된 계절을 11월 중순이 넘어서 낙엽이 떨어져야 가을을 뒤늦게 느끼기 때문이다.

낙엽에 대한 지나친 애착 때문이리라. 언제 단풍철이 되냐며 나무 색깔에 매달려 숲만 쳐다보다 두 달을 허투루 보내버린다. 그러나 어느 날 갑자기 "이것이 단풍이야" 하고 탄성 지를 때는 어느새 싸한 가을비 한 줄에 된서리를 맞는다.

가을이란 겨울을 향한 긴 준비 기간에 그치는 것일까. 모두들 '더 붉게 더 붉게'를 외치다 가을 벼랑에 섰다. 아직 11월 중순인데도 첫서리, 첫얼음, 첫눈이라니 다음 계절이 벌써부터 우리를 단단히 벼리고 있는 듯하다.

절망하지 않기로

山外有山山不盡 산외유산산부진
路中多路路無窮 로중다로로무궁

— 백련초해百聯抄解에서

산 밖에 산이 있으니 산은 끝이 없고
길 가운데 길이 많으니 길은 무궁하구나.

　무한한 가능성이 열려있는 인생길. 생각처럼 그렇게 단순하지
않기에 하나의 절망 앞에서 쉽게 무릎을 꿇어야 할 그런 것이 아
니다. 한쪽 문이 닫히면 동시에 다른 쪽 문이 열린다는 헬렌켈러**
의 경우와 일맥상통한다고나 할까. 아무리 힘들어도 포기하지 말
자. 방금 닫힌 문만 쳐다보고 절망하지 마라. 그것은 네 앞에 있었

던 많은 문 중의 하나에 지나지 않을 뿐이다. 세상은 넓다. 산은
끝없이 이어지고, 길 또한 가없는 것이다.

가훈家訓 하나

쓰레기장으로 내놓은 액자가 내 눈을 끌었다. 먹고 살기가 좀 나아지면 가훈이 바뀌나 보다. 오래 걸어 놓았으니 치렁치렁해 보이기도 하여, 좀 유식해 보이고 광채 나는 걸로 새 단장하고 싶지 않았을까 싶다. 보통 글 솜씨가 아닌 걸 보니 상당한 작가에게 청해 귀하게 구한 것임이 틀림없다.

유리로 케이스로 덮은 표구 작품이니 돈 꽤나 투자했을 것이다. 가훈은 때론 집안 내력으로 대를 이어 내림하기도 하여 뼈대 있는 집안에서는 신줏단지 모시듯 하기도 한다. 지금은 인터넷 홍수 시대를 만나 좋은 글 몰라 좋은 행동 못 하는 이는 없을 것이다. 어지간한 좋은 말은 잘 배우나 못 배우나 없이 귀에도 익고 눈에도 익다. 사서삼경이나 읽어야 사자성어 한 줄 들이댈 수 있는 옛날과는 사정이 다르다.

가훈은 이사를 할 때마다 새것으로 갈아 매다는 집이 많다. 내용보다는 외형이어서 일단 누렇게 빛이 바래거나 액자에 흠이라도 조금 생기면 당장 새것으로 바꾼다. 내용은 별개의 문제여서 누가 썼다거나 무슨 말이거나가 큰 문제가 아니어서 한문 한글을 특별히 구분하지 않는다. 버려진 액자가 아깝다 싶어 경비실로 들여라 하니 아저씨의 표정도 그리 반가운 표정이 아니었다.

가훈은 귀중품 리스트에서 빠진 지 오래되어 별로다 싶으면 버리는 물건이 되었다. 치레로 전락하여 늘 새것이 옛것을 몰아낸다. 경비 아저씨께 권했다. 혹시 좋은 글귀 하나 걸어 두고 싶거든 이것 가지라고 했다. 내용이 무엇이냐고 묻기에 대충 설명해 주었다. 마침 액자 상태도 큰 흠이 보이지 않고 글 내용도 괜찮으니 싫어하지 않았다. 남이 버린 가훈 하나가 누군가의 가정에 든든한 버팀목으로 다시 태어나길 바랐다.

액자 내용은 이러하다.

滿招損 謙受益만초손 겸수익 : '가득 차면 손실을 부르고, 겸손하면 이익을 얻는다'는 의미다. 뜻을 몰라서가 아니라 거실 분위기를 바꿔 볼 양으로 내놓았겠지. 필요한 사람 있어 가져간다면 좋겠다는 생각에 딸 시집보내듯 조심스레 내놓은 흔적에 좋게 생각하기로 했다. 다른 이의 모퉁이 돌이 된 버려진 돌 생각이 났다. 욕심 부리지 말라와 겸손하라는 말은 누가 들어도 좋을 말이니

이를 싫어할 사람이 세상 어디 있을 법이나 할까.

 * 참고사항

　滿招損 謙受益 : 『서경(**書經**)』

　제1편 우서(**虞書**) 제3장 대우모(**大禹謨**)의 글귀다

한 해의 소회 所懷

해를 보내면서 가장 기뻤던 일이 무엇이더냐고 물어온다.
참 쉬운 것 같은데 그만 머릿속이 하얗게 되어 버린다.
무엇 하나 뚜렷하게 기쁘다고 내세울 것이 없다.
단지 분주했던 일상만이 눈앞에 어른거릴 뿐이다.
그렇다면 다시 가장 마음 아팠던 일을 말해 달라는 요청이다.
여전히 답 거리가 신통치 않다.
슬퍼하고 기뻐할 겨를도 없이 숨 가쁘게 달려왔을
무개념의 생활이었느냐고 되묻는다면 할 말을 잃었을 것이다.
일상이 모두 기쁘고 슬픈 일의 연속이 아니겠느냐마는
그 중 '가장' 하나를 고르기가 쉽지 않았다.

하루의 감정 기복도 복잡한데

어찌 삼백예순다섯 일 중에서 '가장'을 기억해낼 수 있겠는가?

기다리다 못해 질문자가 거들어 주었다.

가장 기쁜 일은 오늘 이렇게 '살아있음'일 수도 있다고 하셔도

된다고. 맞는 말이다.

그것도 하나의 큰 기쁨이 될 수 있다.

"오늘은 어제 죽은 사람이 그토록 갖고자 했던 내일"이라는 말

이 있으니까. 그러나 많은 사람이 식상해하는 빛바랜 유행어다.

연명延命도 하나의 기쁨이 될 수도 있겠지만

이런 답이 상대에게 자칫 개념 없는 맹한 사람으로 비칠까 우

려된다.

한 해가 저물어 가면 자주 오가는 질문이기에

12월에 들어서면 '일 년 중 가장'이란 질문에 대비해 놓는 편이

좋겠다.

갑자기 물으면 억지로 '가장'을 찾아보려고

진땀 빼는 사람이 생각보다 많다.

덕담 하나 준비해 놓는 어른이 되어보자.

경제활동도 사회활동도 이제는 동절기에 접어든 나이라

'가장 기뻤던 일'은 없다고 하지 마라.

대과 없이 지내는 것도 조상의 큰 은덕이니.

한 해가 탈 없이 무고했다면 이 이상 더 기쁜 일이 있을 수 있을까?

'가장 슬픈 일'은 역시 대과 없이 지낸 한 해가 될 수 있을 것이다.

가슴 뛰는 일 없는 노인들의 생활.

어제와 오늘과 또 내일이 다를 바 없는 무고의 연속이 어찌 기쁜 일일 수만이 있겠는가. 이 또한 '가장 슬픈 일'일 것이다.

백세 시대에

날마다 같은 벤치에 앉아 하루를 보내는 노인이 있다. 언제나 그러하여 아무런 생각이 없는 듯 하늘만 보고 멍 때리고 있다. 요란한 라디오는 자식들이 준비해 주었을까? 소리통을 늘 켜둔 상태로 놓아두어 건전지를 소모하고 있다.

정작 본인은 듣지도 않으면서 왜 저럴까. 주위 노인들을 위해 노래 보시布施를 하고 있겠지. 장단도 노래 흥도 없으면서 종일 벤치를 덥히고 있다. 오전에는 이쪽에서 오후에는 저편에서 시간을 흘려보낼 뿐이다.

가지런히 의자에 벗어 개켜놓은 한 마리 매미 허물 같다. 그래도 누군가의 아버지겠지. 부모는 자식의 껍데기라더니. 껍데기는 삭정이처럼 야위어있다. 노인은 혹여 남겨놓은 시간이라도 있을까 봐 알뜰히 세월을 소진하고 있는 것일까. 마지막 물기 한 점이라도 걷어내기 위해 가을 햇볕에 몸을 말리고 있는 것일까.

백세 인생이란 노래가 흘러나온다. 노인은 무관심한 나머지 흥이 없다. 라디오 혼자 노래 부른다. 노인이 정물靜物이라면 노래는 배경음악이다. 배경음악이 노인을 아름답게 하는 것이 아니라 더 궁상맞게 만든다.

노인에게 100세 시대는 무엇일까? 기쁨일까? 고통일까? 아직은 젊어서 못 간다고 버틸 처지도 아니면서, 할 일이 남아 못 간다고 변명할 입장도 아니다. 아직은 쓸 만하다기엔 중고를 넘어 너무 낡았다.

백 세까지는 너무 길다. 저승사자 멱살이라도 잡고 늘어져야 한다. 노인들이 하는 '죽어야지'는 그냥 해 보는 소리가 아니다. 밑지고 판다는 장사치의 말은 거짓이 있을지라도, 노인이 하는 '빨리 죽어야지'는 결코 빈말이 아니다.

노인이 되어보라 그제야 노인네 마음을 알게 될 것이다. 노래처럼 이 핑계 저 핑계로 늦게 가겠다며 흥정하지 않을 것이다. 저승사자와 승강이보다는 어서 날 데려가 주십사 부탁하고 싶은 것이 노인의 속내다.

백세 시대가 모두에게 즐거운 희망사항이 될 수는 없다. 갈 때 되어 떠나야 복 노인이다. 오늘도 내일도 그 자리에 벤치를 덥히고 앉아 있어야 하는 노인들. 경기장에 다시 나갈 후보 선수도 아니면서 영원한 대기 후보benchwarmer로 공원을 지키는 노인들. 나는 이럴 때 백세 시대의 공허함을 느낀다.

백세 시대는 희망일까, 절망일까? 숨만 쉬고 있다 해서 사는 즐거움이 연장될 수는 없을 것이다. 백세 시대는 그야말로 노인들에게 소름 돋는 주문呪文이다. 노래 속 마지막 떠나가겠다는 소망일; '좋은 날 좋은 시'가 따로 없다. 떠나는 날이 복福 받는 날이 될 것이며 장례葬禮 날이다. 저승사자에게 전해라. 불러만 주면 언제든 따라가겠노라고~.

꽃 지는 아침

어제는 가히 만화방창萬化方暢이었다. 아뿔싸, 그만 비바람이 부는구나. 하루만이라도 더 기다려 주면 좋으련만 그걸 참지 못하다니. 화려하게 핀 꽃들이 굳은 비 한 줄금에 마구 떨어져 내렸다. 친구의 쾌유를 빌며 가련한 봄의 일을 말해야 하다니.

그의 얼굴과 그가 애송하던 시가 나를 울컥하게 한다. 세월은 우리를 마냥 기다려주지 않는가 보다. 친구는 조지훈의 시를 좋아했다.

"촛불을 꺼야 하리/ 꽃이 지는데/ 꽃 지는 그림자 뜰에 어리어/ 하이얀 미닫이가 우련 붉어라./ 묻혀서 사는 이의 고운 마음을 아는 이 있을까 저허하노니/ 꽃이 지는 아침은/ 울고 싶어라"

그렇다, 꽃이 지는 아침은 나도 울고 싶구나

한창 성업 중이던 개인병원을 접은 친구가 있다. 동기들은 아쉬워했다. 배부른 소리 한다며 핀잔을 주는 이도 있었다. 세태가 달라져서 일흔이라 해도 아직은 청년인데 이걸 뭐 나이라고 퇴직 기분 내느냐고 마뜩찮아 했다. 그의 속도 모르면서.

퇴직이란 매인 몸들이 하는 수 없이 밀려날 때나 하는 것이지 않는가. 개인병원이면 마르고 닳도록 해도 밀어낼 사장이나 회장도 없는데. 그는 병원 일에 바빴어도 공휴일이면 빠지지 않고 등산 모임에 나왔다. 노래보다는 시를 좋아해 여흥시간이면 조지훈의 <꽃이 지는 아침을> 즐겨 암송했다. 머리가 명석해 한 소절 놓치지 않고 잘도 읊었다. 내가 좋아하는 시를 그가 늘 선점先占하여 나를 궁색하게 만들곤 했다.

친구는 일손을 놓은 지 두어 해가 된다. 본인의 이상신호는 본인밖에 모른다. 그는 지금 퇴직이란 즐거움을 맛보지 못하고 투병생활 중이다. 며칠 전 보고 싶다며 사정을 했더니 가까스로 얼굴을 보여주었다. '파킨슨'이라던가 '알츠하이머'라던가 병명을 잘 모르는 모양이다. 아니면 설명이 길어질까 봐 그렇게 얼버무렸겠지. 여하튼 앉아 있기도, 서 있기도 불편하여 부인의 조력이 없으면 정상적인 생활이 전혀 불가능해 보였다.

일흔이면 아직도 골든에이지로 알고 있는 우리들에게 항상 꽃

으로만 피어 있을 수만은 없다는 것을 보여 주기라도 하려는 듯
해서 친구의 모습이 나를 서글프게 했다. 느직이 해외여행 두어
번 갔다 온 것 말고는 자신을 위한 호사는 없었다. 알뜰하고 검소
하며 베풀며 살던 친구. 노후대책도 충분히 세워두고 있었겠지.
지금쯤 박수를 받고 기쁨을 누릴 시간에 이게 무슨 날벼락이란
말인가.

친구의 쾌유를 빌며 봄비가 추적추적 내리는 창가에 앉아있다.
그의 얼굴과 그가 애송하던 시가 나를 울컥하게 만든다. 꽃은 시
나브로 떨어져 내리고 있다. 세월은 우리를 마냥 기다려 주지 않
는가 보다. 친구의 꽃 시절은 이렇게도 수상殊常하여 어이가 없다.

"꽃이 지는 아침은 울고 싶어라."

대상포진이라 했다

바퀴벌레보다 더 치사한 놈이다. 내가 강할 때는 쪽도 못 쓰던 것이 상대가 약해지니 고개 들고 나타난 놈이다. 수두 균들이 몸속에 늘 대기상태로 있다가 몸이 약해지면 대상포진으로 돌변한다고 한다. 수두는 2군 감염병이어서 국가 예방접종 가능하니 어릴 때 누구나가 빠짐없이 면역을 키워오던 것이 아니었던가. 대상포진은 숙주가 되어주는 인간과 늘 함께 존재하고 있다고 했다. 사전에 조심하라며 최후통첩을 보내는 아량이 전혀 없다. 숨어 지내다가 감쪽같이 나타난다. 신호등처럼 푸른 등에서 빨간 등으로 바뀌기 전에 있어야 할 주황색 경고등이 없다.

아무리 질이 좋지 않은 놈이라 할지라도 싫으면 싫다는 눈치라도 주어야 하는 것이 아닌가. 바로 입술이 트고, 편도선이 서고,

옆구리가 결리는 무차별 습격이다. 무지막지하게 쥐어뜯는 공격자에게 나는 백기를 들었다. 의사가 증세를 물어오면 얼른 답을 못하고 뒤통수부터 긁어야 한다. 옴에 오른 것 같기도 하고, 아토피 증세 같기도 하고, 종기나 염증 같기도 하다. 도무지 종잡을 수 없으니 알아서 모실 방법이 없다. 차라리 성미 까다로운 상전 모시는 쪽이 대상포진보다는 나을 것이다.

오래 비워둔 집이라 먼지가 한 자나 쌓였다. 한 주가 지나서야 고양이 세수나 한 것처럼 책장 청소를 겨우 마쳤다. 힘깨나 쓸 젊을 때는 몰라도 지금은 몸이 약해진 탓인지 두꺼운 책 몇 권만 옮기려도 공사판 벌이듯 끙끙거린다. 집 떠나 객지에 머문 시간이 몇 년이 되었던가. 그동안 집에 쌓인 것은 먼지요, 몸에는 남은 것이라고는 쓰다 남은 나이뿐이다. 내 누울 자리는 내가 만들어야지 다른 이에게 손 내밀 수 없었다. 오랫동안 쌓였던 피로 때문인지 하찮은 노동이 탈을 낸 모양이다. 병원을 가려니 일요일이라 어쩔 수 없이 월요일까지 기다려야 했다.

"진찰 한번 해 봅시다. 속옷을 위로 올려주세요." 내가 윗몸을 드러내자 왼쪽 가슴에서 뒷등까지 물집이 드러났다. 의사는 청진기를 대려다 말고 바로 내리라고 하더니 진료가 끝났다고 한다. 병원 진료는 1분이 채 걸리지 않았다. "대상포진帶狀疱疹입니다." 어린이가 하는 수두의 일종으로 노인들이 몸이 허약하면 발병하는 것이라 했다. "무척 아프지요?" 의사가 내 몸을 대신이나 하는 듯

내 아픔을 알아주었다.

뼛속에도 근육이 있다느니, 마른 장작이 오래 탄다느니, 달리는 인간 기관차라며 자랑하던 건강이란 두 글자가 무색해져 버린 부끄러운 일이다. 겉만 가지고는 속 골병까지 알 수 없다. 나무젓가락같이 말라도 건강 하나는 자랑삼았는데. 대상포진에게는 양해를 얻어내지 못했다.

유명 정치가 한 분이 홧김에 한 이야기가 가십gossip이 된 일이 있었다. "나라가 시끄러울 때는 바퀴벌레처럼 숨어 있다가 일이 다 끝나니 큰소리치고 나온다."는 말이었다. 물론 상대를 싸잡아 힐난했던 말이다. 나쁜 쪽으로 빗대어 바퀴벌레 운운하였던 것이다. 만약 그분이 대상포진에 한번 시달려 본 사람이었다면 주저함 없이 대상포진(?) 같은 것들이라고 비판 수위를 상향 조절하였을 것이다. 숨어 있다가 나타나는 나쁜 것들 중에 어디 이만한 것이 또 있을까.

美世麗尼 miscellany III

하늘은 마냥 부럽고 좋은 것만 있는 곳이 아니라 추락의
위험이 있는 금단의 곳이기도 합니다.

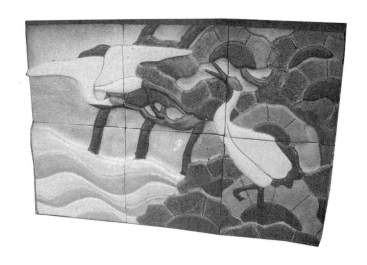

국기, 미안

분단 70년,
60주년 현충일이다

너를 휘날리며 전선으로 떠난 님
너를 덮고 잠들어 돌아온 님
엊그제 일이 아니다
잊힐만한 일이 아니다

너 속에 호국 영령들이 힘차게 펄럭여야 하는 날이다
2천 세대가 넘는 아파트 대단지
너를 내단 집이 별로 없다

한 뼘 내린 조기弔旗는 더욱 귀하다
어떤 때는 짓밟히고
올해는 화형까지 시키더니
수모가 예삿일쯤이다

세월호 때문이라 해두자
메르스 때문이라 해두자
다음에는 또 무슨 핑계를 댈까
언제 우리가 마음 편히 쉰 날 있었냐고 묻겠지
나라 꼴이 말이 아니라서
그렇다면 그런 당신 꼴은 성한 상태인가

국기 잊고
현충일을 보내다니
어디 놓아두었는지조차도 모르겠지
이래서야
대한사람 대한으로 길이 보전할 수 있겠는가
국기, 미안
또 미안.

달라지는 것이 너무 많다. 생활이 바빠서겠지. 기억해야 할 일들이 점차 잊혀가고, 분주한 일상이 그 자리를 대신하고 있다. 오늘은 현충일, 죽음으로 나라를 지킨 선열들의 나라 사랑을 생각하는 날이다. 일 분간 울리는 경보기 소리로 그들의 고귀한 희생을 추념하고, 나라 사랑 마음을 일깨우는 날이다. 살고 있는 곳이 2천 세대가 넘은 큰 아파트 단지다. 펄럭이고 있어야 할 태극기는 고작 몇몇에 불과하다. 고속도로 교통체증이 극심해졌다니, 모두 산으로 들로 나들이 나선 모양이다. 그냥 바빠서가 아니었나 보다. 제사보다는 잿밥이라더니 이날을 공휴일로만 생각하고 있었나보다. 호국영령 팔아가며 마시고 놀 바에야 차라리 달력의 빨간 글자를 지우고 까만 글자로 바꾸어 버려라. 국기 하나 매달 여유도 없는 오늘의 세태가 부끄럽고 또 한심하기만 하다. 태극기야 정말 미안해.

깃발과 태극기 사이에서

국기는 어느 나라이든 그 나라의 표상이다. 국기는 국민과 주권과 영토를 의미하는 상징성이 있어 함부로 다루어는 안 된다. 나라가 패망하여 지구상에 존재하지 않는 지경이 되지 않는 한 나라의 상징물인 국기의 훼손은 국가의 존엄을 모멸하는 것이 되어 전쟁도 불사할 일일지도 모른다. 오대양 육대주 모든 나라의 국기란 곧 그 나라 자체다.

우리나라는 국기를 태극기라 부른다. 태극기만 보고 살았던 지난 세월 반세기가 필자에게는 있다. 직업상 눈을 뜨면 애국가를 부르고 태극기가 오르고 내릴 때 걸음을 멈추고 거수경례로 나라를 생각해야 했던 생활이 있었다. 그런 덕분에 반세기가 지난 지금까지 태극기를 빼놓고는 내 직업의 의미는 찾을 수 없을 것이며 내 삶이 끝나는 날에도 유일하게 내 위를 덮어줄 따뜻한 보료가 되어줄 것임을 믿어 의심치 않는다. 국가는, 아니 국기는 곧 나의 마지막 잠까지 포근히 재워줄 어머니의 품속 같은 존재이니까.

어느 날 갑자기 태극기의 신성한 모습을 도적맞았다. 태극기를 무리 지어 다니며 편 가르는 깃발로 오용했기 때문이다. 태극기를 사랑하거든 우리를 지지하라며 무리와 나라를 동일시하여 국기를 앞세워 정쟁의 소용돌이 속으로 몰아넣었다. 붉은 색 현수막마다 국기는 구호와 함께 인쇄되어 펄럭거렸고, 태극기가 날리는 군중 속에 얼굴을 드러내지 않으면 나라를 사랑하지 않는 사람으로 매도되어 무리들의 냉소를 감수해야 했다. 태극기와 촛불은 같은 등식 속에 편 가르기가 진행되었다. 태극기와 촛불이 나란한 위치에 놓이다니 이런 불행한 일이 있나. 한 정파의 깃발이란 도구로 흔들어 대던 태극기 속에는 국민도 없고 주권도 없고 국토도 존재하지 않는다. 깃발 속에는 그날의 혼돈과 선동, 정쟁만 남아 우리를 슬프게 하였다. 깃발로 전락한 국기를 흔들며 아스팔트 위를 적실 피비린내 나는 격돌을 충동질하던 애국자는 지금 어디서 나라 사랑을 하고 있을까?

이후 국경일이 되면 태극기를 게양하는 마음이 늘 개운치 않다. 달아야 하나 말아야 하나 망설이게 된다. 국기와 깃발의 사이에 혼란스러움이 마음을 아프게 한다. 태극기에 대한 이 깊은 상처를 누가 치유해 줄 것인가? 필요에 따라 흔들고 말고, 구겨서 버릴 용도라면 하필이면 태극기를 들어야 했을까? 은연중에 느껴지는

106

불순한 의도가 유치하기 짝이 없다.

필자는 전국노래자랑을 즐겨본다. 구순의 연세에도 정정하게 사회를 보는 송해 선생님의 노익장도 존경스럽고, 전국 방방곡곡을 다니면서 노래라는 매개체로 국민화합을 이루어가는 프로그램으로 이만큼 훌륭한 것이 있으랴 싶어서다. 그러나 지금은 그렇지 못하여 매력을 잃어버렸다. 그들이 등에 업고 손에 들고 흔들어대는 것이 태극기였기 때문이다. 이불로 뒤집어쓰기도 하고, 양손에다 잡고 오만상 호두방정을 떨고 있다. 누가 초대했는지 아니면 통제가 없어서 그런지 갈수록 그런 숫자가 늘어난다. 노인들의 행태가 깃발로 보이기 시작한 것이 어느 날 갑자기다. 다시 트라우마가 되살아났던 것이다.

신문에 미국 대통령 집무실인 백악관 앞에서 태극기와 성조기를 들고 시위를 하는 사진이 보인다. 미 대통령은 한국 대통령을 만나주지 말라는 내용과 지금 대통령은 스파이였다고 적혀 있다. 혹시도 아스팔트를 핏빛으로 물들이기를 바랐던 불쌍한 애국자의 모습도 있었을까? 저들이 들고 있는 것은 모두 깃발일 뿐이라는 생각을 해보니 마음이 한결 편하다. 냉정과 열정 사이를 다시 헤맨다. 깃발 속에는 국민도 보이지 않고, 주권도 보이지 않으며 그리고 국토의 이미지도 찾을 수 없었다. 그 속에는 정쟁만 가득할 뿐이다. 깃발은 한 장 손수건보다 못한 천 조각에 지나지 않을 것이다.

혼돈混沌의 시대

촛불은 무서웠다. 새로 뜬 굿판이란다. 빈대 잡으려다 초가삼간 태운다더니 이러다, 나라 홀라당 태워 먹을까 봐 아주 무서웠다. 민심이 천심이라지만 하늘 마음 뉘라서 알랴.

이럴 때 태극기, 심장이 뛰지 않아 정말 슬프다. 급할 때 부적처럼 품고 나오라고 나라 깃발 만들었나? 국기는 알고 있을까? 누가 성한 쪽인지 누가 망할 쪽인지? 이 답도 저 답도 줄 수 없는 측은지심惻隱之心. 우리가 국기를 슬프게 하고 있다.

도무지 바깥 온도를 알 수가 없다. 쓸 목적이 다르니 서로 틀릴 수밖에. 되를 들은 이, 자를 들은 이, 늘이고 싶은 쪽, 줄이고 싶은 쪽, 큰일 났습니다 하는 쪽은 숫자가 클수록 대단한 기삿거리가 되고 별것 아닙니다 하는 쪽은 숫자가 적어야 윗선이 덜 불편하다. 주최 측 추산 100만, 경찰 추산 20만. 서로 엇비슷하게 된다면 그게 기적일 테지. 시위는 매번 질서 정연하나 참가자 숫자는 늘 혼란스럽다. 노인 나이가 숫자에 불과하다더니 길거리 시위도 숫자에 불과한 것이겠지.

내 맞다 네 맞다 주말마다 벌이는 보이지 않는 기 싸움. 발목 잡았다 하고, 허리를 잡혔다고. 밀치고 당기며 티격태격하는 사이 백성들만 중간에서 고달프다. 무심과 측은지심 사이에 헷갈리기만 한다. 모두가 뛰쳐나와 허둥대니 이 난세에 누가 해법을 알고 있을까? 어느 쪽이 암까마귀인지 수까마귀인지. 혹시 솔로몬 지혜라도 있다면 몰라도. 이 모든 것은 곧 지나가리라는 현자의 말만 위로로 삼을 뿐이다.

유리천장을 넘어서

"제 어머니의 딸로서, 제 딸의 어머니로서 여기에 서서, 저는 이런 날이 왔다는 것이 실로 행복합니다. 할머니들로부터 어린 소녀들, 그 사이의 모든 분들 덕분에 행복합니다. 물론, 소녀들과 남성들 덕분이기도 합니다. 미국 땅의 모든 장벽이 무너질 때, 그것이 그 누구의 장벽이든 간에, 그건 모두를 위한 길임이 명백하기 때문입니다. 천장을 거둬내면, 저 높은 하늘이 남을 뿐입니다. 그러니 계속 나아갑시다. 미국의 1억 6천 1백 만의 여성들과 소녀들이 그녀가 가져야 할 기회를 누릴 수 있을 때까지."

- 힐러리 클린턴의 미국 대선 후보 수락 연설 중에서

비록 대선에서 승리는 하지 못하였지만 그녀가 없애려고 한 것은 여성으로서의 한계, 즉 유리천장을 없애는 일이었습니다. 눈에 보이지 않는 한계를 치우고자 했던 후보자의 패기는 하늘을 찌르고도 남았습니다. 유리천장 바로 아래까지 다다라 대선 승리를 목전에 두고 있었습니다. 힐러리 클린턴은 맨해튼 유명장소에 기쁨의 세리머니를 위한 자리까지 마련해 놓았답니다. 아뿔싸 판세가 역전이 되는 바람에 그만 머쓱해져 버렸지요. 유리천장을 깨고 정상으로 불쑥 하늘로 솟아올랐더라면 우리가 크게 받았던 박수보다 더 큰 흥분이 있었겠지요.

이렇게 어려운 한계를 넘어 하늘로 치솟은 분이 지금 처하고 있는 곤경을 생각하니 안타까운 마음 금할 길이 없습니다. 하늘은 늘 파랗고 아름다운 곳이지는 않았습니다. 역동적이어서 바람이 그치지 않는 곳이었습니다. 시쳇말로 바람 잘 날 없는 곳이었지요. 마냥 부럽고 좋은 것만 있는 곳이 아니라 추락의 위험도 함께 도사리고 있는 금단禁斷의 곳이었습니다.

하늘 높은 줄 모르고 오르다가는 땅이 너무 멀어져 낭패를 당하기 쉽습니다. 곤두박질칠 때는 매정하기 짝이 없는 공간이기 때문입니다. '추락하는 것에는 날개'가 있다는 어느 작가의 소설 제목도 떠오르고요…. 마키아벨리의 권력론에 이런 이야기가 나옵니다. 어느 날 힘센 수탉 한 마리가 다른 수탉들을 물리치고 모든 암탉을 차지한 후 지붕에 올라 의기양양하게 소리쳤다지요. "이제 세상은 내 거야"라고. 말을 마치기가 무섭게 독수리 한 마리가 나타나 수탉을 채 가버렸다지요.

높은 자리는 남성만의 전용물이 절대 아닙니다. 이를 확실하게 보여 주었다고 세계가 우리를 부러워했습니다. 여성으로서 유리천장이란 한계를 걷어낸 것은 역사적인 쾌거였습니다. 높은 곳에 오르면 멀리 볼 줄도 알아야 하고, 춥고 어두운 곳도 세밀히

살필 줄도 알아야 합니다. 민심이 떠나면 무너지기는 눈 깜짝할 사이지요. 자리가 무거울수록 떨어질 때는 중력에 의해 가속도가 더 붙습니다. 잘되기보다 더 어려운 일이 잘 내려오는 것이라는 것을 절실히 느꼈습니다. 유리천장을 치울 때 썼던 사다리를 딛고 조용히 내려오는 모습을 자랑스럽게 보여드리지 못해 너무 아쉽습니다.

용龍은 땅에서 먼저 산다

밖은 많이 혼란스럽다. 새로운 볼거리가 불거질 때마다 군중은
개탄하며 삿대질이다. 욕설이 시궁창이다. 소리를 들릴 수 있는
곳까지 가도록 허락해 달라. 돌팔매 다다를 거리까지 갔다. 깨금
발 치켜 촛불 들고 봐 달란다. 들어 보란다. 원성이 태산이고 불꽃
이 봇물이다.

잘못한 것 없어요. 그런 일 절대 없어요. 그렇지만 나라 망할까
봐 얼른 내팽개칠 수도 없고, 그냥 있자니 꼴이 말 아니고. 조롱
당하고 동네북으로 만신창이 되고 있다. 억울한 나날. 잠 못 이루
는 밤. 이러려고 내가 이 자리에 앉았나 싶었다니, 그토록 사랑했
던 나의 국민은 다 어디 갔을까? 되묻다 잠들고 일어나 다시 둘
러본다.

모택동은 말했다. 인민은 물, 지도자는 그 속에서 사는 물고기
라고. 일급수에 사는 물고기는 물이 일급수임을 증명한다지만, 되
레 탁한 물 만났다며 숨 못 쉬는 물고기가 되어 세 번이나 물 같
아 보이는 국민에게 읍소했을까.

뒤집어쓴 나라 망신 모두 우리들 몫. 그 나물에 그 밥. 우리는
한 솥의 비빔밥 신세다. 양들의 침묵으로 나랏일 수수방관한 조력
자의 죄목으로 우리도 가슴 스스로 쳐보자. 이게 나라냐, 그 소리
참 따갑게 들린다. 세상 물정 모르는 부덕한 용 한 마리. 용은 하
늘에 사는 것 아니라 땅부터 먼저 살아야 한다.

맑은 바람 속 밝은 달을 기다리며

수가무명월청풍誰家無明月淸風, 이는 벽암록碧巖錄에 나오는 글이다. 누구의 집이라고 해서 청풍명월이 없을 것인가라는 뜻이다.

불가의 무진장 큰스님 설법에서는 이 문장속의 청풍명월을 부처님의 자비로 풀이하고 있다. 맑은 바람 속 밝은 달은 부잣집이나 가난한 집이거나, 권세 있는 집안이나 이름 없는 집안이거나 다 있는 것이다. 따라서 공평하게 나누어 주는 부처님 대자대비도 스스로 담을 쌓거나 발을 내려 막아 놓는다면 부처님인들 어쩔 수 없을 것이라는 논리다. 모두 마음을 열고 거저 주는 부처님 말씀을 받아들이라는 설법이다. 진흙이 많을수록 부처가 크고 물이 깊을수록 배가 높다고 하지 않았던가.

또한 청풍명월은 혼자 세상의 슬픔을 다 안고 살고 있는 사람에게는 큰 위로가 될 것이다. 인생의 행·불행에 대해 우주의 섭리는 늘 공평하여 누구는 덜 주고 누구는 더 주는 그런 기복이 있는 복락이 아니다. 또한 그 양은 달빛처럼 만인에게도 공평하고 더더욱이나 행·불행의 양은 정확히 저울추 위에서 평형을 이루고 있는 것이기에 지금 불행하다고 해서 늘 불행한 것이 아니라는 것에 위안 삼는다. 천국복락은 이 땅에서 고생하는 자, 억눌린 자, 마음이 가난한 자의 몫, 세상을 고르게 비추는 청풍명월이 어찌 나를 못 본 체할 것인가. 염원은 위안을 넘어 약속을 받아 내려는 다그침으로 강하게 작용한다.

일본 저명작가 엔도 슈샤쿠의 청풍명월은 이러하다. 그는 「불행에서 행복의 가능성을 보다」라는 글에서 "젊은 시절 낯가리기가 심해서 대인 관계가 좋은 편이 못 되었다"고 실토를 하면서 세월이 흘러 나이가 들면서 마음에 잘 맞지 않는 사람도 만남을 거듭함에 따라 그 사람의 진정한 인간미를 느끼게 되고 어느새 그 사람과 절친한 사이로 발전시킬 수 있었다고 했다. '좋고 싫음'이 분명했던 것에 대한 반성이다. 누구에게나 똑같이 비쳤을 청풍명월을 생각하면서 그가 싫어하던 사람에게서도 똑같이 비쳤을, 달리 표현해서 내재해 있을, 밝은 면을 느끼려 특별히 노력했다는 것이다.

밝은 달 모습은 혼탁한 현금의 난세에 이 나라를 이끄는 지도자의 덕목으로 삼아도 좋겠다. 중천에 떠서 세상의 아픔을 두루

만져주는 어진 성군을 기다리는 마음에서다. 모든 이의 위로가 되어 줄 수 있는 맑은 달, 홀로 독야청청할 수 있는 기개를 가진 달, 거짓이나 야합을 모르는 정직한 달, 말과 행위가 일치를 이루는, 앞과 뒤가 다르지 않는, 높이 뜰수록 스스로 외로워질 줄도 아는, 높은 곳에 살아도 낮은 곳을 비추기를 잠시도 잊어버리지 않는, 이런 맑은 바람 속 밝은 달 같은 청풍명월의 리더는 어디 없을까? 시공을 넘어 천 년이란 세월이 지났건만 안개 낀 바다에 나침판 하나가 절실해지는 지금 수가무명월청풍誰家無明月淸風이란 글귀가 새삼스럽다.

2017. 1. 6

따라주는 멋

선거가 내일로 막바지다. 이번에는 유별나게 입후보자 수가 많아 벽보 자리가 어지간해서는 감당이 어려울 지경이다. 모두 훌륭한 사람이다. 누구 하나라도 대통령감이 아닌 사람이 없는 것 같다. 개인적으로 입후보자에 대한 호불호는 있을 수는 있겠지만, 나라를 이끌어 갈 자질도, 공약도, 모두 훌륭해서 이 나라에 큰 인물이 참 많다고 하는 생각에 큰 자부심을 가지게 된다.

때가 때인 만큼 선거철이니 대통령의 자질을 가지고만 두어 달을 보냈다. 예기치 못한 나라 사정으로 조기에 대선을 치러야 하기에 기간이 짧아 대선다운 대선이 될지 우려를 많이 했었다. 지금에 와서 보니 두 달마저도 너무 길다는 생각을 하게 된다. 선거기간이 길면 길수록 점점 흐려져 진흙탕 화 되어갈 우려가 다분하기 때문이다.

　이제 곧 당선자에게 국민이 화답해야 할 시간이 다가온다. 나라의 큰 짐을 메게 될 당선자의 당선사례를 듣기 전, 투표를 행사한 국민 개개인의 어제까지의 기억을 모두 지우고 오직 당선자 사람에게 믿음과 성원을 약속해야 할 때이다. 케네디 대통령의 연설을 상기해 보자. "Ask not what country can do for you, Ask what you can do for you country"를 생각하는 자세가 필요하다. 국가가 나를 위해서 무엇을 해줄 것을 바라기에 앞서 내가 국가를 위해 무엇을 할 것인가를 생각해야 하는 성실한 구성원으로 제자리로 되돌아가는 국민이 되어야 하지 않을까?

　지금까지 가장 훌륭한 분들을 나라의 지도자로 뽑았다. 그때마다 공약은 빛났고 가슴 설렜지만, 그 장밋빛 설계가 제대로 실행된 것은 적었다. 747 공약에 소득 4만 불 시대를 꿈꾸기도 했다. 유료에서 무상으로, 요람에서 무덤까지를 외치며 귀를 따갑게 공약했지만 5년이란 세월이 흐른 뒤 허전한 메아리만 남긴다. 포장이 화려할수록 내용물은 부실했다. 뽑을 때는 훌륭했던 지도자였으나 뽑히고 나니 마음이 모두 변해서일까? 오직 리더Leader 한 사람의 탓으로 돌리고 있으니 그렇겠지.

　선거 때는 훌륭한 '지도자Leader'를 뽑고, 다음 날은 곧바로 성실한 '따르는 자Follower'가 되어야 한다, 4만 불의 소득도 무상지원에 대한 재원도 모두 국민이 만들어 가야 하지 지도자의 공염불로 얻어질 수 있는 것이 아니다. 굶어 죽어가는 백성들을 위해 기도에 매달려 하늘에서 '만나'를 얻어내는 그런 기적은 성경에서나 있을 이야기다. 서로 반대편에 섰다는 이유 하나로 무리 지어 훼방질만 한다면 미국 대통령인들 국정이 제대로 운영될 수 있을까?

리더 중심의 지도력에서 따르는 자 중심의 성원을 강조하고 있는 새로운 경영용어를 눈여겨볼 필요가 있을 것이다.

벽보에는 걸린 후보들은 누구를 뽑아도 좋을 만큼 출중하다. 짧았다고들 하지만 두 달간이나 유권자들은 나라의 주인으로서 소중한 한 표의 방향을 저울질해 왔지 않은가. 오늘이 이런 말하기 딱 좋은 날이다. 당사자가 결정이 되고 나면 권력에 아부한다는 소리 듣기 싫어 이런 말 하기가 쉽지 않을 것 같다. 앞으로 5년 동안 못할 소리 미리 해 놓고 투표장에 나가자. 한 표 한 표는 빠짐없이 제대로 행사되어야 할 것이다. 모든 권력은 국민으로부터 나오기 때문이다. 그러나 무엇보다 중요한 것은 당선된 사람이 대통령 자리에서 나라의 큰살림을 잘 살 수 있도록 모두가 힘을 모아 주는 것이리라. '따라주는 맛'도 '이끌어가는 맛' 못지않게 우리에게 필요하다. 자신은 반대쪽에 있었다며 퇴임하는 날까지 어깃장만 늘어놓는 장애물로 남아 있지 않기를. 찬성과 반대의 셈법은 투표장을 나오면서 모두 끝내야 한다. 생각할 것은 오직 '성공한 나라' 만들기여야 한다.

제 19대 대통령 투표 전일에 (2017. 5. 8)

한 방에 훅 간다

만산홍엽滿山紅葉이다. 봄날은 하나하나의 꽃으로 만화방창萬化方 暢을 이루지만, 가을 단풍은 천지를 한꺼번에 불태우기에 온 산이 붉은색으로 가득하여 더 큰 감동이다. 만산홍엽의 강렬함을 어찌 봄날에 비하랴. 강원랜드를 다녀오는 길에 불영계곡에서 느낀 가 을산 감상법이다. 언제 이렇게 세상이 변해 버렸을까? 가을비 한 방으로 여름을 훅 날려버렸으니.

10월도 끝자락에 접어들고 있으니 이 계절도 첫눈 한 방이면 훅 가버리겠지. 가는 세월을 여백구과극如白駒過隙이라 했던가. 그 러고 보니 성탄절마저 두려워진다. 징글벨 소리가 나면 시끄러웠 던 병신년 한 해도 한 방에 훅 날아가고 내게는 나이테 하나가 또 남겨지겠지.

좋아하는 것이라 너무 붙들고 늘어질 일이 아니다. 언젠가는 내려놓아야 할 것일 테니. 유행가 가사처럼 돈도 명예도 세상만사가 세월 앞에서는 모두 한 방에 훅 갈 수 있는 것일지니. 맹랑한 가수의 노래라 싱긋 웃고 넘겼더니만 요즘 매스컴에 들락거리는 사건들을 보고 있노라니 노래 부른 이의 선견지명이 보통이 아니다. 방송을 켤 때마다 한 방에 훅 가는 사람들의 거친 숨소리로 세상이 요란하다.

* 여백구과극如白駒過隙 : 흰말이 달리는 것을 문틈으로 보는 시간과 같다는 뜻.

꽃을 버려야

樹木等到花수목등도화　謝才能結果사재능결과
江水流到舍강수류도사　江才能入海강재능입해

나무는 꽃을 버려야 열매를 맺고 강물은 강을 버려야 바다에 이른다.
- 화엄경

　자승 스님이 박근혜 대통령을 만나 불교경전의 경구 한 대목을 건넸다. 이는 버림의 철학에서 자주 인용되는 경구이기도 하다. 매사는 버려야 또 다른 세계와 만날 수 있다. 깨지 못하고 알 속에 머문 새는 알 속에서 죽게 된다. 한 세계에 오래 갇히면 그 속에 잡히게 되어있다. 꽃을 버려야 행복의 열매가 열릴 것이고, 강기

숲에 머물러 있기만 한 물은 절대로 대해大海에 이를 수 없다. 화엄경의 이 경구는 시사성이 있는 특정인을 겨냥한 권고만은 아닐 것이다. 인용된 자리가 대통령 관저였을 뿐, 사실은 모든 중생을 향한 권면勸勉의 귀한 말씀으로 새겨들어야 할 것이다.

2016.11.13

한우韓牛 로데오

청문회를 보면서 서양의 로데오를 떠올렸다. 카우보이들이 길길이 날뛰는 황소 등에 올라 떨어지지 않고 누가 오래 버티느냐를 내기하는 경기다. 여의도의 로데오는 서양의 것과 별다를 것이 없겠지만 단지 수입 소를 쓰지 않고 맹수에 가까운 청도 한우를 사용한다는 것이 다르다. 신토불이 정신에 입각한 구상인 모양이다. 경기는 매스컴을 통해서 전국적으로 생중계된다. 황소 등에는 안장鞍裝이 없다. 흔드는 자와 떨어지지 않으려는 자의 대결이 손에 땀을 쥐게 한다. 심판관의 합격 방망이가 울려 퍼질 때까지 죽기 살기로 매달려 있어야 한다.

로데오는 연속극마저도 시들하게 만들 만큼 인기가 좋다. 자주 열리지는 않는다. 그러나 정권이라도 바뀌면 한꺼번에 문전성시를 이룬다. 보통 때는 이름조차 함부로 부를 수 없었던 주연들이 줄줄이 등장한다. 연속극처럼 매일을 정해진 시간에 매달리지 않아서 좋다. 등장인물이 많다 보니 이곳에 얼굴 한번 내밀지 못해도 큰 인물 대접이 못 된다. 장관 자리만 해도 스무 개에 가깝지 아니한가.

한우 로데오는 2000년도에 도입된 제도로 대통령이 임명한 행정부의 고위 공직자를 대상으로 국회가 국정 수행 능력과 자질 등을 검증하려고 만든 제도다. 행정부에 대한 국회의 길들이기로 보면 될까? 높은 자리 앉기 전 혼내겠다는 심보일까. 초죽음 직전까지 끌고 가야 박수소리 요란해진다. 인정머리라고는 손톱만큼도 없다. 서양 로데오에는 낙마하는 기수가 다치지 않도록 광대 down가 나와서 황소의 접근을 막아주는 보호막 역할을 해 준다. 그러나 여의도일 경우 이런 광대조차 두지 않는다. 잘되면 님 덕분, 못되면 내 탓이어야 한다. 등을 떠미는 쪽에서는 부디 살아서 돌아오라는 당부 외에는 해 줄 말이 없다.

관전평은 늘 박하다. 질문을 부드럽게 하면 소가 순해서 경기가 재미없다고 난리고 너무 심하게 흔들면 저질이라는 라벨이 붙인다. 똥 묻은 개가 겨 묻은 개를 나무란다고 빈정댄다. 기수가 잘 잡고 버티고 있어도 불성실한 답변이라고 한다. 답이 능숙하면 내로남불이라는 새로운 용어까지 만들어서 놀려댄다. 시청률이 높다고 해서 이것이 반드시 좋은 프로그램은 아닐 것이다. 개그 프로가 재미있다고 해서 늘 웃고 있을 수만은 없지 않은가.

여의도 특설무대 한우 로데오를 거둘 수는 없을까? 여의도 한 우 로데오는 기수에게는 너무 잔인한 경기다. 행정부를 견제하는 입법부의 검증이란 허울 같아 보인다. 글자대로라면 **聽聞會**란 상대방의 이야기를 들어주어야 한다. 그러나 대부분 시간이 질문 공세이고, 답변은 하나 제대로 귀담아 듣는 이가 드물다. 왜 장황 한 질문을 했을까? 생중계여서 카메라에만 정신이 팔려 말을 많 이 한다. 제사보다 잿밥 같은 느낌을 떨칠 수 없다. 차라리 비공개 로 하고 결과를 내면 더 좋을 텐데. 공개 또는 알 권리를 앞세워 쇼 한 프로 보여 주는 같다. 장기간 인물 하나 키우기도 힘든데 앞으로 국가의 중책을 맡길 인재를 공공연하게 비틀고 꼬집어 조 롱하며 채신머리를 없게 만들어서 무슨 재미를 얻고자 한다는 말 인가. 한우 로데오를 보면서 실컷 웃다가도 뒤끝이 늘 씁쓸하다. 끝까지 잘 잡아 붙들고 있으면 국회 동의서에 도장 하나 찍는 일 이요, 제 성에 못 이겨 넘어지면 쇠똥에 미끄러져 허리 다친다.

美世麗尼 miscellany IV

설국의 노벨 문학상 수여의 변은 작가의 작품활동이 지고의 미의 세계를 추구하여
독자적인 서정문학의 장을 열었다는 평가와 더불어 그간의 작품활동을 높이 평가했다.

일본어, 여기까지 | '읽어 주십사' 하는 요청이라면 | 『설국』을 다시 펼치며
망국의 길을 걸었던 은자의 나라, 조선

일본어, 여기까지

にほんご, ここまで

외국어 하나쯤은 익혀 놓고 싶은 마음은 누구나 가지고 있다. 그러나 기웃거리기만 할 뿐 정작 용기 있는 결단을 하지 못한다. 어려울 거라는 선입견과 '지금 이 나이에'라는 자포자기 때문이다.

그러나 치매 예방에 있어서는 외국어만큼 좋은 것이 없다고 한다. 어느 정도의 잔머리는 굴려주어야 머리에 녹이 슬지 않는다고 하니 미루고만 있을 수가 없다. 호기심을 넘어 어느덧 취미 생활로도 접어들면 만학이라도 하는 학도처럼 가슴 뿌듯한 성취감도 있을 수 있다. 글로벌 시대에 영어는 더는 외국어라 할 수 없다. 누구나 하는 것이니 모국어와 함께 차고 다녀야 하는 구급낭First aid kits이 아니겠는가.

내가 만난 첫 외국어는 고등학교 선택 과목 독일어이었다. 그러나 공부가 게을렀던 탓에 작황은 좋지 않았다, 후일 독일 쪽 유학길도 이것에 가로막혀 엄두를 내지 못했다. 이후 외국어에 대한 도전은 먼 곳이 아닌 가까운 이웃나라로 생각을 바꾸었다. 러시아를 택했다. 러시아어는 학교시절 1년을 수학했다. 학점을 인정받은 소중한 언어였지만 아깝게도 오랫동안 쓰임새가 없다 보니 기억 속에서 말끔히 지워져 버렸다.

중국어도 시도해 보았다. 중국어야말로 혼자 독학하기가 힘든 언어였다. 발성 흉내 내다가 주저앉고 말았으니 내게는 가장 수명이 짧았던 외국어다.

일본어는 대학 생활 말미에 학원을 한 분기 다닌 적이 있었다. 계속했더라면 좋았을 것을 멍청한 젊은이의 투자는 안목이 넓지를 못했던지 아까운 돈과 시간을 허투루 쓰고 싶지 않았다. 차라리 그런 노력이라면 청춘사업이 더 바쁘다며 희희낙락했다. 맑은 머리에 쉽게 담아낼 수 있을 언어를 그렇게 놓치고 말았다. 그동안 몇 번을 이곳저곳 기웃거린 적도 있지만 모두 신통치 않았으며 항상 동사 어미 변화 문턱에서 걸려 넘어져서 일어나지 못했다.

이젠 시간이 많아졌다. 그야말로 쇠털 같은 시간이다. 굳을 대로 굳어진 머리라지만 스위치를 올려 희미하게나마 불을 켰다. 다행히도 문화교실 강좌가 우후죽순으로 생겨났고 수강료도 또한 저렴하여 관심만 있으면 누구나 가서 앉아 있을 수 있다. 일본어를 굳이 고생을 무릅쓰고 독학할 이유가 없다. 일본어를 다시 도전했다. 나의 학습 목표는 읽고 쓸 수 있기까지다. 취미의 목표는 명확히 해야 한다. 너무 알려고 하면 다친다. 사소한 일에 목숨 걸지 말아야지. 아무리 열심히 한들 굳은 머리에 그곳 유치원생 수준을 넘길 수 있을까? 그동안의 영어 실력을 되돌아보면 일본어 장래가 보였다.

오래전 일이다. 막내가 내게 물었다. "왜 아빠는 일본어를 배우려고 하는가?"였다. 한국 사람이면 모두가 싫어하는 나라, 부끄럽지도 않느냐는 의미였을 것이다. 중학 3학년생이니 의협심이기도 하고 나라사랑의 마음이기도 했겠지. 나는 이렇게 타일렀다. "미워하는 일은 누구나 할 수 있으나, 제대로 알고 미워하는 일은 누구나 할 수 있는 일이 아니다."라고.

일본어를 다시 시작하면서 자식과의 이 약속을 다시 떠올렸다. 나의 목표는 읽고 쓰기까지이다. 온몸을 투신할 정도의 가치는 느끼지 않고 있었다. 그들의 문화를 둘러볼 수 있는 안목과 나라 안팎에서 일어나고 있는 상황을 연관시켜 추론할 정도면 족하다. 원서 읽기가 목표가 아니었다. 단지 우리말로 번역해 놓은 책을 제대로 볼 수 있을 정도라면 큰 성공이다. 번역서적은 인명이나 지명이 여간 낯설지 않아서 읽고 덮으면 그냥 날아가 버린다. 원래 외국어란 휘발성이 아주 강한 것이 아니던가.

공들인 일본어 읽고 쓰기도 이제 매듭을 짓는다. 내가 꿈꾸어서는 안 되는 길은 가지 않기로 한다. 비껴가기로 한다. 공부 모양새를 취하는 외국어는 더 이상은 금물이다. 만족스럽지는 않지만 번역자의 주석까지 놓치지 않고 그들에게 가까이에 갈 수 있는 독서가 가능하게 되었으니 이것으로 흡족하다. 문화교실에는 고급반이 없다. 이곳에는 아마추어 양성소이지 전문가를 양성하는 곳이 아니다. 어느 강좌든 간 보기를 약간 지나는 수준에서 멈춘다. 읽고 쓸 수 있는 정도를 넘어나는 일은 전문가의 몫이다. 협상 테이블에 앉아서 맞닥뜨릴 정도의 어려운 일들은 넘겨다보는 것은 그들의 직업을 탐하는 일이다. '가깝고도 먼 나라'. 지리적으로는 가깝고 마음으로는 먼 나라라는 뜻이겠지. 나는 제대로 알기나 하고 미워하는 건지 스스로에게 반문해 보고 있다. 아마추어의 역할은 여기까지다.

'읽어 주십사' 하는 요청이라면

젊은이 귀에는 강아지 짖는 소리가 '멍멍'이다. 일제 강점기를 거친 세대에게는 '멍멍'보다는 '왕왕ワンワン'이라고 한다. 완고한 분들은 심지어 순수한 우리말이라고까지 주장한다. 요즈음은 이런 일이 비일비재하여 국회에까지 자연스럽다. 광고전단(=찌라시 ちらし), 공사판 밥집(=함바飯場 はんば) 등을 모르는 젊은 세대들은 의정활동이나 신문 사회면 읽기도 쉽지 않을 것이다.

자신의 저작물을 윗사람이나 친지에게 보낼 때 청람淸覽이라는 단어를 많이들 사용한다. 책을 상재한 후 가장 가슴 뿌듯한 일 중의 하나가 윗분이나 친지에게 본인의 저서를 보내는 일이다. 무슨 뜻인지는 몰라도 잘 읽어 봐달라는 주문쯤으로 여기고 별생각 없이 적는다. 너도 하고 나도 하니 예절에 있는 표현일 것이라는 생각에 의심이 없다.

    그러나 청람清覽은 우리말이 아니라 이웃 나라 일본에서 들여온 清覽せいらん이다. 원래 우리말 사전에는 없는 단어다. 우리식 뜻풀이로 한자를 재구성해 본다면 요청請을 하는 뜻과 읽어달라는 람覽이라면 청람請覽이라는 단어가 되거나 그것이 아니라도 청람淸覽이라도 있어야 한다. 아래의 우리말 사전(동아, 민중서림)에는 없는 단어다. 간신히 교학사 발행의(한자어-외래어) 우리말 국어사전에서만 볼 수 있었다. 언어의 뿌리가 일본어 淸覽せいらん이었다.

    많은 사람들이 유행어처럼 쓰고 있으니 외래어 사전에 등록이 되고 인터넷에도 등장하였다. 언어는 시대의 변천에 따라 생성되기도 하고 소멸하기도 한다는 원칙에 충실했던 모양이다. 글 쓰는 지체 높으신 문인들이 쓰는 용어라서 생각 없이 따라 하다 보니 유행어가 되어 슬그머니 한자리를 얻은 것일까. 이제는 인터넷 검색어에도 나오는 말이 되었다.

예) 우리말 사전

  1. 동아 새 국어사전(동아출판사, 2017. 5판)   단어 없음
  2. 엣센스 국어사전(민중서림, 2017. 6판)   단어 없음
  3. 네이버 국어사전(日韓辭典과 동일)   있음

    일본어 사전에 설명된 淸覽의 사전적 뜻은 '편지 등에서 상대방

이 보는 일의 존댓말'이다. '보다見る'의 일본어 존경 표현이 '보시
다ご覧になる'이다. 청淸은 청請의 일본식 한자 '신자체'로 보인다. 국
어실용사전 한자어 외래어에는 일본어에 어원을 둔 淸覽せいらん로
설명되어있다.

1. エリド 日韓辭典(시사영어사, 1993. p. 86) : 단어 있음)
   淸覽 せいらん 명사 ≪文語的≫, 편지 등에서 상대방이 보는 일의
   존댓말
2. 국어실용사전 한자어 외래어(교학사, 2016): 단어 있음)
   淸覽 : 편지 따위를 남에게 보일 때 남을 높여서 그가 보아줌을
   이르는 말. (せいらん)
3. 네이버 일본어 사전
   위 エリド 日韓辭典과 동일

   결과적으로 淸覽은 외래어로 우리나라에 안착된 일본식의 간
청의 말이다. 일본인이 한국인에게 이런 표현을 하여 자기 저서를
주었다면 지극히 자연스럽고 예의 바른 방법이 될 것이다. 그러나
한국인끼리라면 淸覽으로 예를 갖춘다면 별도의 설명이 되지 않
으면 낯설어 할 것임에 틀림없다. 왜냐하면 우리에게는 오래전부
터 사용해 오던 우리식 표현들이 이미 있기 때문이다.
   종래에 써 오던 존람尊覽이나 혜감惠鑑 또는 혜존惠存이 그것이다.

우리말 사전에 오래전부터 존재해왔던 용어들이다. 단지 주의를 필요로 하는 것은 마지막에 있는 '혜존惠存'이다. 책이나 물건이 아닌 일반 편지에서 '간직하다'의 의미인 혜존惠存을 쓰면 본인의 편지를 오래 보관해 달라는 우스꽝스런 부탁이 될 수가 있으니 피하는 것이 좋겠다.

* 존람尊覽 : 남이 관람함을 높여 이르는 말.
* 혜감惠鑑 : '잘 보아 주십시오.'라는 뜻으로, 자기의 저서나 작품을 남에게 보낼 때 상대편 이름 밑에 쓰는 말.
* 혜존 惠存 : '받아 간직하여 주십시오.'라는 뜻으로, 자기의 저서나 작품 따위를 남에게 드릴 때 상대편의 이름 아래에 쓰는 말.

아시아권 대부분의 나라들이 그러하듯 뿌리를 한자에 둔 우리말이 많다. 설상가상으로 장기간 일본의 우리말 말살 정책 폐해로 일본의 잔재까지 곳곳에 널려있다. 이미 귀화해 우리말 화 되어버린 것들이야 어쩔 수 없겠지만 굳이 잊혀가는 용어를 새롭게 발굴이라도 하듯 외국어를 쫓아간다는 것은 상당히 어색하다. 설령 그것이 여러 사람이 많이 쓰는 것이라서 사전에 등록을 하였다손 치더라도 신상품처럼 애호하거나 선호할 것까지는 없지 않을까 싶다. 국어순화 운동에 동참하는 길이라는 생각으로 넓은 공감대

가 형성되기를 기대하면서 지금까지의 오용을 필자부터 고쳐나갈
생각이다.

『설국』을 다시 펼치며

　우리글을 우리가 읽어도 이해가 되지 않는 부분이 허다한데, 하물며 외국 유명 작가의 작품을 번역한 것을 우리 이야기로 받아들인다는 것은 쉽지 않을 것이다. 번역자는 직역보다는 상황에 따른 의역이 편리하다며 독자에게 도움을 주려 한다. 그러나 그 나라의 문화 환경을 이해하지 못할 경우에는 의역도 도움이 되지 않는다. 직접 해결하겠노라며 원서를 읽어갈 재간도 없다. 전공자가 아니라면 10년이 걸려도 한 권의 작품 읽기도 쉽지 않을 터.

　필자는 노벨 문학상을 받은 작품들은 읽기를 크게 반기지 않는다. 그러면서도 이런 작품들은 작가의 유명세 때문에 구입을 해서 선반에 치장해 놓는다. 두고두고 묵혀서 읽는 편이기도 하지만 결국 엄두를 못 내고 영원한 장식용으로 모셔두는 경우도 허다하다.

꼭 읽겠노라 마음먹는 작품은 사전에 인터넷 검색을 하여 여러 독자가 올려놓은 독후감이나 출판사의 작품 보기 개요를 다 훑어 보고 사전 답사를 한 다음에 조심스레 작품을 연다.

이러한 노력에도 불구하고 성과를 거두지 못했던 작품이 있었다. 이번 계절에는 그동안 미루어 두었던 일본의 가와바타 야스나리川端康成 (1899~1972)의 『설국』을 다시 보기로 했다. 준비해 둔 번역책, 일어 원작, DVD 등을 전부 동원했다. 책을 읽는 것은 종전과 마찬가지로 줄거리가 파악되지 않았다. 한글 자막이 있는 DVD를 동원하였으나 분위기 파악은 도움이 되었으나 원 작품이해에는 신통치 않았다.

『설국』의 무대는 니가타 [新潟] 현의 유자와 [湯澤] 온천이다. 외진 시골에 불과하여 기차가 다니지 못할 정도의 큰 눈이 내리고, 눈에 갇힌 채 긴 겨울을 보내야 하는 산골의 자연 풍경을 배경으로 눈 지방에서만 찾아볼 수 있는 독특한 서정과 분위기를 주로 삼고 있다.

눈에 갇혀 사는 마을에서 일어나는 단순하고 그렇고 그런 통속적인 남녀관계에 지나지 않는 이야기로 생각했다. 이야기 구도를 정리해보면 춤 선생댁의 병든 아들인 '유키오'를 사랑하는 '요코', 환자 '유키오'는 '마르코'와 약혼자로 소문만 나 있다. 따라서 '요코'는 '유키오'에게 일방통행이다. 마르코는 '유키오'의 치료비를 보태기 위해 기생이 된 것으로 알고 있으나 실은 자기가 좋아서 그 길을 택한 것이다. 다만 주위의 눈총을 의식한 도의적 책무를 다하기 위한 것처럼 보였던 것. '유키오'는 '마르코'에게 일방통행의 사랑을 보낼 뿐이다. 이런 와중에 동경에서 온 여행자 '시마무라'라는 유부남이 끼어들어 '마르코'의 사랑 이야기를 만들어 간다. 이제야 양방통행이 되는가 싶었다. 두 사람은 이별과 재회를 오가며 로맨스를 즐기지만 결국 '마르코'의 '시마무라'에 대한 사랑도 일방통행이었다. '시마무라'는 자연의 아름다움을 핑계 삼고 가정으로부터 일탈을 즐기는 몽환의 사내였기 때문이다. 작품의 구조상으로만 보면 유자와 온천장 여관에서 벌어지는 남녀 간의 흔해 빠진 삼류의 신파조 극 이상도 이하도 아니었다.

작가 연보를 살펴보니 『설국』의 작가는 한 작품을 쓰기 위해 매달린 것이 아니라 생각날 때마다 써서 잡지사로 보낸 것을 10년을 넘어 한곳에 모아 각색을 반복하여 한 권으로 묶어낸 작품으로 밝혀 놓고 있다. 그래서 그러한지 분명한 스토리보다는 등장인물에 대한 묘사, 주변의 자연 묘사에 치중하고 있다. 따라서 이 작품에서 기상천외의 반전 스토리가 나오거나 작가가 전하고자 하는 뚜렷한 무엇을 기대하는 것은 무리다.

설령 그렇다 하더라도 노벨문학상은 대단한 것이다. 국내에서도 저명한 몇몇 문인들은 해마다 갈구하는 상이 아니던가. 심사위원들은 얼마나 엄선에 엄선을 거쳐 상을 수여했을까. 내심 작품 속의 그 무엇을 찾아 나서고 싶었다. 무엇보다 수상의 배경을 살펴보았다. 1968년 노벨문학상의 수여 변은 작가의 작품 활동이 지고의 미의 세계를 추구하여 독자적인 서정문학의 장을 열었다는 평가와 더불어 그간의 작품 활동을 높이 평가했다고 되어있다. 어리석은 자는 달을 가리키는 손가락만 보다가 정작 달은 보지 못한다. 작가가 보여주고자 한 행간의 의미를 놓친 것일지도 모른다는 생각이 들었다. 삼류의 신파극이란 혹평에서 최고의 명작이란 호평으로 바꿀 때까지 필자에겐 인내심이 더 요구될 것이다. 다행이 번역자가 여럿이 있어 다른 이의 번역『설국』을 다시 읽어보기로 했다.

이번 번역자는 작품해설을 후미에 붙여놓아 다행이었다. "『설국』은 줄거리가 주가 되지 않는 작품"이란다. 그런데 필자는 이 작품에서 자꾸 줄거리를 잡으려고 애를 썼으니 관전 포인트를 잘못 잡았다. 줄거리를 파악하려다 진작 소중하게 여겨야 할 작가의 심미안을 놓치고 있었던 것이다. 작자 '가와바타 야스나리'는 감각적이고 주관적으로 재창조된 새로운 현실묘사를 시도하는 <신감각파> 운동을 한 사람이라는 것을 미리 알았더라면 독서의 수고를 많이 덜 수 있었을 것이다.

"나라의 고유한 문화와 정서가 짙게 배어있는 훌륭한 작품일수록 번역이 힘들다. 그런 까닭에『설국』은 참으로 번역자를 곤혹스럽게 만드는 소설이다."라고 번역자는 실토한다. 읽기도 혼란스러운 정황들을 우리말로 술술 담아 옮겨내는 수고 앞에 감사를 드리고 싶다. 적지 않은 땀을 흘렸을 것이라는 생각에서다.

이제 필자는 영화와 함께 번역서를 대조해 가며 다시 감상할 준비를 하고 있다. 이왕 부족한 능력이니 몇 년이 걸린들 어떠하랴. 작가 '가와바타 야스나리' 만이 가지는 탁월한 묘사능력과 변화무쌍한 수사를 놓치고 싶지 않아서다. 그의 섬세하고 오묘한 서정이 내게 다가와 노벨문학상의 진가를 알아볼 때까지 그에 대한 탐구를 계속해 나갈 것이다. 언젠가 또 다른 눈의 고장이 필자 앞에도 펼쳐질 것을 기대하고 있다.

■ **참고자료**
○ 설국(일한대역문고 15, 16)/ 다락원 출판부 역주/ 1993년/ 다락원
○ 설국(세계문학전집 61) 유숙자 옮김/ 2002년/ 민음사
○ 영화 : 설국/ 원작 : 가와바타 야스나리 川端康成/ 감독 : 大庭秀雄

망국의 길을 걸었던 은자의 나라,

조선朝鮮

　왕과 백성이 모두 깨어있으면 금상첨화다. 그러나 왕이든 백성이든 어느 한쪽만이라도 깨치면 나라는 위태하지는 않다. 역사는 삐걱거릴지 몰라도 그나마 굴러가긴 한다. 그런데 왕도 백성도 양쪽이 모두 깊은 잠에 빠지면 설상가상의 최악의 상황이 된다. 마지막 상황이 조선의 근대화의 과정이다. 왕은 태어나는 것이어서 선택사항이 되지 못한다. 백성은 그러지 않다. 스스로 자강의 눈을 떠서 우매함을 벗을 수 있다. 어디에 태어나느냐 하는 것은 운명이다. 그러나 불행하게 살아야 하는 것은 선택사항이라고 하지 않았던가. 같은 이치다. 조선의 근대화과정을 다시 살펴봄은 자조의 심정으로 비애를 토로하자는 것이 전혀 아니다. 비극의 시간은 100년 전의 이야기이고, 포스트 100년에서는 우리는 금상첨화의 길을 열심히 달리고 있다. 이제는 아픈 역사도 부끄럽지 않게 들여다 볼 때가 되었다. 역사는 반복될 수도 있다고 하지 않았던가.

1. 동갑내기 두 군주와 두 나라의 백성

두 사람의 출생은 다 같이 1852년생이다. 동갑내기 군주다. 일본 메이지明治의 즉위는 1868년이고 조선 26대 고종의 즉위는 1863년으로 약간 빠르다. 그러나 아버지 홍선대원군의 섭정이 10년간 계속되어 실제로 친정체제의 구축은 1873년이다. 메이지보다 5년이 되레 늦다. 두 군주의 역사적 평가는 명암이 크게 엇갈린다. 고종은 한 나라를 쇠망으로 몰고 간 실패한 군주로, 메이지는 유신을 기점으로 국운을 융성하게 한 명군으로 평가받았다. 시대 상황을 배제한 두 군주의 단순 비교는 다른 한쪽을 평가절하하기 위한 의도도 다분히 있다.

백성 또한 군주와 크게 다르지 않다. 한쪽의 백성이 우월하거나 또는 열등하거나를 말할 수는 없다. 승자와 패자는 확연히 나타나겠지만 그것 하나로 우수나 열등을 논할 수는 없다. '늦잠을 잔자면 다 게으름뱅이다'라는 말이 틀림과 같다. 상황논리는 여기서도 필요하다. 출발점 하나가 우열을 갈라버렸다. 19세기에는 서양문물이 들어온 순서에 따라 나라 등급이 자동으로 매겨졌다. 불행하게도 조선의 백성은 경기의 휘슬은 울렸지만 조용한 아침잠에서 깨어나지 못했다. 주위의 부산한 소리에 20년이나 늦게 문을 열고 밖을 내다보았을 때는 조선은 조용한 은자의 나라 취급을 받아야 했다.

2. 신의 한 수는 시대를 먼저 읽는 것이었다

개항 결정은 곧 신의 한 수였다. 19세기는 인류역사가 가장 역동적으로 기술적 진보가 이루어진 시기다. 서양이 동양을 앞질러 산업화를 이루었고 그 여세가 동양으로 밀려왔다. 일본은 시대의 흐름을 먼저 읽고 재빨리 근대화의 길을 걸었고 지각한 조선은 먼저 서양문물을 받아들인 이의 희생양이 되어야 했다.

조선의 잠을 깨운 것은 일본이었다. 운양호 사건(1875. 9. 20)으로 조선의 빗장을 풀었다. 그들이 22년 전 페리 제독의 흑선 함대(1853.6. 3)에 당했던 시나리오를 그대로 적용했다. 일본은 근대화 학습과 군사화를 위한 기술축적에 열정이 대단하여 순식간에 서구 수준에 근접해 있었다. 상대국을 겁박하는 기술만 보아도 미국 못지않다. 미국에 의한 일본 개항은 1854년이며, 일본에 의한 조선의 개항은 1876년이니 20년 만에 실행에 옮겨 놓은 셈이다.

일본은 미국과의 화친조약 이후 이를 계기로 1854년 같은 해에 영국, 러시아와 수교를 하고 네덜란드(1858)까지 통상조약을 마무리한다. 모두 5년 이내에 이루어진 일이다.

3. 더딘 학습, 내부 갈등도 큰 몫을 했다.

설상가상으로 조선은 출발도 지각이었지만 학습 진도도 늦었다. 강화조약(1876) 체결한 후 미국(1882), 영국, 독일(1883), 러시아(1885) 순으로 수호통상조약을 체결한다. 미국과의 화친조약만 놓고 보아도 조선은 일본에 비해 28년이 늦어진 셈이다.

일본은 인재육성도 신속히 이루어졌다. 1860년 견미사절단 파견, 1861년 유럽 사절단 파견, 1863년 영국에 유학생을 파견하였다. 런던대학교 교정에는 죠수 번 출신 5인방의 영국 유학을 기념하는 동판 기념비가 있다고 한다. 당시 열악한 재정에도 불구하고 유학을 지원한 정부에 대해 '살아있는 무기'가 되어 돌아오겠노라고 다짐을 했으며 후일 그들의 약속대로 근대화를 이루는 나라의 동량棟梁이 되었다.

이때 유학을 간 5명은 아래와 같다.

○ **이토 히로부미** : 을사늑약과 한일 합병에 이르기까지 전 과정의 사령탑으로 한일합병을 진두지휘한 인물이 되었다.

○ **이노우에 가오루** : 강화도조약 체결에 참여, 명성황후 살해의 배경 인물이 되었고

○ **야마도 요조** : 영국 조선공업 도시에서 견습공으로 일하면서 공학 공부를 하여 후일 동경제국대학 공학부를 창설한 일본 공학의 아버지라 부른다.

○ **엔도 긴스케** : 영국 유학에서 돌아와 조폐국장이 되어 독자적
　으로 조폐술 개척
○ **이노우에 마사루** : 철도기술을 배워 일본 철도의 아버지라 부
　른다.

　조선의 배움 길은 주로 일본과 청나라를 통해서였다. 1881년
일본으로 신사유람단 파견, 1881년 청국으로 영선사를 파견하였
다. 일본의 서구로의 유학에 비하면 아주 미흡하다. 군주는 개화
바람이 왕권유지에 도움이 되지 않음을 걱정하고 있었으니 개화
의 진도가 빠를 수가 없었다.

　1884년 갑신정변을 통해 근대 사회의 건설을 위한 대개혁을 단
행하려 하였으나 수구 세력의 방해는 물론 당시의 민중들도 개화
당의 개혁 의지를 이해하지 못하고 오히려 이들을 적대시하였다.
물론 조선에서도 신식문물을 배우기 위해 인재 양성을 시작하나
나라가 기울어져 갈 즈음이어서 효과를 볼 수가 없었다.

4. 무기 산업화가 곧 근대화

　19세기 국가의 근대화란 군수산업의 산업화가 주된 것이었다.
사무라이 사회였던 일본은 근대화의 초점을 신무기에 두었다. 종
래의 칼에서 총으로 변모를 바꾸어 신식군대가 된다. 군수산업의

148

근대화는 결국 나라의 근대화란 결과를 가져왔다.

미국과 국교수립(1854) 직후 이들이 타고 온 증기선과 최신식 무기의 작동시범 견학 중 열심히 그림을 그렸다고 한다. 이것들을 복제해내는 데는 10년이 걸리지 않았다. 페리가 막부에 선물한 라이플 총은 바로 신식 문물 제조공장으로 보내져 3,000자루로 만들어지고, 페리 제독의 흑선충격(1853) 이후 4년만인 1857년 영국에서 건조한 군함 간린마루를 도입하여 일본 사절단을 미국에 보낼 때 호위함으로 따라 보낼 정도였다.

조선은 개항 이후 27년이 지난 후 1903년이 되어서야 최초의 증기군함인 양무호(3천 톤급)를 도입했다. 이 배는 1888년 영국에서 건조한 화물선을 사 와서 일본에서 석탄 운반선으로 활용하던 증기선이었다. 중고 화물선에 구식함포 4문을 달아 군함이라 불러 일본이 조선에 팔아먹었다.

다. 밖으로부터의 행운과 안으로부터의 파열음

메이지는 무사 정치 시대를 마감하고 왕정복고로 즉위한 최조의 천황이다. 일본은 봉건체제를 해체하고 근대국가로 발돋움하는 과정에서 엄청난 내부적 갈등을 겪었다. 그러나 천황은 상처를 입지 않았다. 막부幕府 체제에서 천황 친정국가로 전환하는 과정에서 모든 허물은 몰락한 막부의 쇼군이 덮어쓰고 물러났고, 신하들이 근대화의 장애물을 목숨 걸고 치워나갔다.

천황은 본래 권력 기반이 없었던 위치였다. 메이지는 신하들이 새로 닦아준 신작로를 따라 걸어갔다. 근대화의 주도권은 천황이 아니라 신하들이 쥐고 있었다. 따라서 신하들의 개혁조치를 별다른 거부감 없이 수용할 수 있었다. 이후 메이지는 1871년 기존의 160개가 넘는 번을 버리고 47개 행정구역으로 바꾼다(47개 도도부현都道府縣). 이후 천황의 친정체제가 확립된다. 근대화 추진은 천황의 의지라기보다는 신하들이 주축이 되어 근대화를 추진해 나갔다.

고종의 친정체제 확립은 1873년이다. 그러나 고종의 근대화 추진은 제도와 조직에 의한 체계적인 것이 아니라, 밀지 형식의 특명으로 은밀하게 이루어진 것이 대부분이어서 실효적인 성과를 거두지 못했다. 특히 개화사상에는 군주권을 제한하는 독소가 들어있다는 것을 고종이 잘 알고 있었기 때문에 자신이 근대화의 주체가 되어 국왕 중심의 정치체제를 유지하려고 했을 것이다. 고종은 무위소를 기반으로 대원군이 구축해 놓은 권력 구도를 개편하여 1880년 외교와 통상을 포함하여 군국사무를 총괄하는 통리기무아문을 설치하고 본격적인 개혁, 개방에 나섰다. 그러나 부패한 민씨 척족들에게만 의지함으로써 거국적인 지지를 이끌어 내지 못했다. 특히 민씨 척족 세력의 부패에 대한 반발로 일어난 1882년의 임오군란으로 친정 체제 확립은 물거품으로 돌아갔고 그때부터 국운이 기울기 시작했다.

5. 일본의 국운융성의 길은 아래와 같았다.

1868년 : 메이지[明治] 연호 시작

1869년 : 274개 번주가 영지를 천황에게 봉납[版籍奉還]

1870년 : 외무성 관리 정탐결과보고 (조선 징벌의견서 제출)

1871년 : 미국 사절단 파견, 이토 히로부미 (1월)

1871년 : 행정구역을 47개 도도부현都道府縣으로 바꿈

1871년 : 무사들의 칼 차기 금지. 신분 제철회 천민계급 폐지

1871년 : 제1회 교토박람회 개최

1871년 : 이와쿠라 사절단 구미歐美로 파견

1871년 : 육군 해군성 설치

1871년 : 태양력 도입

1873년 : 징병령 제정

1873년 : 정한론征韓論 최종결정(10. 14), 보류(10. 25)

1874년 : 내각 타이완정벌 결정(2. 6), 대만 출병(5. 8)

1877년 : 도쿄대학 설립

1878년 : 인구 조사

1879년 : 미국 그랜트 대통령 일본 방문

1881년 : 제2회 일본 권업박람회 개최(3. 1)

1881년 : 국회개설칙유 (10. 12)

1882년 : 조선에 군함과 보병 1개 대대 파견 결정

1885년 : 내각제도 도입 이토 히로부미 초대총리 취임

1886년 : 학교령 (사범학교, 소학교, 중학교) 발표(4. 10), 학위령
　　　　 공포(박사, 대박사) (5. 21)

1890년 : 제1회 총선거 실시

1894년 : 청군 조선 출병에 대항, 일본군 조선 출병(6. 2)

1894년 : 고등중학교를 고등학교로 개칭

1896년 : 교토 전차영업 개시

1891년 : 일본군 조선에 헌병대 창설

1898년 : 도쿄 상수도 공급 개시

1912년 : 메이지 천황 사망

6. 정한론征韓論

정한론의 원조는 사이고 다카모리다.

　1871년 : 육군 해군성 설치, 1873년 : 징병령 제정 등으로 기존
의 사무라이들은 자기 설 자리를 완전히 잃었다. 사이고 다카모리
가 정한론을 강하게 주장했던 이유는 징병령을 비롯한 일련의 개
혁조치에 따른 사무라이들의 불만을 수습하기 위해서였다. 유신
에 목숨을 바쳤으나 근대화 개혁이 진행되면서 오히려 특권이 사

라지고 평민 화되어가던 사무라이들이 불평불만이 극에 달하던 시점이다. 갓 창설된 징병 군대가 자리를 잡기 전에 전쟁이 일어나면 사무라이 부대가 전면에 나설 수밖에 없고, 사무라이 부대가 전공을 세우게 되면 군제 개편에서 사무라이의 위상을 높일 수 있었기 때문이다. 안으로는 근대화개혁에 집중하고 무인들에게는 싸울 거리를 주겠다는 취지로 1873년 정한론征韓論을 주장하였으나 이토 히로부미에 의해 보류(10. 25) 결정이 내려진다. 분위기 조성에 시간이 더 필요했을 것이다. 조선은 어리석은 나라여서 일본의 보호가 필요하다는 인식을 계속 심어나갔다. 결국 1910년 한일합병으로 조선을 식민지로 만든다. 정한론이 등장 후 37년만이다. 일찍 잠에서 깬 쪽은 지배국가로, 늦잠 잔 쪽은 식민지가 되었다. 이토 히로부미는 훗날 '을사조약'과 '정미조약'을 강제로 들이밀었던 조선 병탄의 주역으로 사이고 다카모리의 정한론을 완성하는 주인공이 된 셈이다.

7. 조선의 망국의 길은 아래와 같았다

1871년 : 병인양요
1871년 : 신미양요
1863년 : 고종즉위와 대원군 섭정 10년, 쇄국정책
1873년 : 고종 홀로서기(친정 시작)

1875년 : 운양호 사건

1876년 : 강화도 조약

1880년 : 통리기무아문統理機務衙門을 설치

1884년 : 갑신정변 (청이냐 일본이냐의 대립)

1884년 : 청일전쟁 (강대국의 힘의 논리 작용 시작)

1895년 : 을미사변 (명성왕후가 일본의 자객에 의해 피살)

1896년 : 아관파천 (고종은 러시아에 신변 요청)

1897년 : 대한제국, 황제 칭호

1904년 : 러일전쟁

1905년 : 을사늑약으로 조선의 외교권 박탈. 조선통독부 설치

1907년 : 고종의 강제 퇴위, 순종 즉위

1907년 : 정미조약, 조선 군대 해산

1910년 : 한일합병 (국치일 10. 29)

1919년 : 고종의 승하 (1. 21)

마치면서

　　망국의 길을 가야 했던 조선과 국운상승의 전기를 맞이한 일본의 근대화 과정을 비교하여 보았다. 조선의 현대화는 가장 중요한 시기에 빗장을 닫아걸고 시대의 흐름을 제대로 읽지 못했던 20년의 지각으로 결국 지배국가와 식민지의 운명으로 갈리었다. 고종

과 메이지 두 군주의 단순 비교로 고종을 향한 원망에 그쳐서도
될 일이 아니다. 백성의 우매함에 자조하고 있어서도 될 일이 아
니다. 시대는 영웅을 만든다고 한다. 일본은 시대를 제대로 읽고
밖으로 나가 영웅의 길을 걸었고, 조선은 문을 닫고 집안에 머물
다 망국의 길로 향했다. 처음부터 경기다운 경기가 아니었다. 그
렇다고 마냥 변명과 위안만 가져서야 되겠는가.

올해(2018)는 메이지 유신 150년이 되는 해다. "역사에서 교훈
을 배우지 못하는 민족은 똑같은 역사의 반복을 경험한다."라는
아놀드 토인비의 말을 잊지 말아야 할 것이다.

■ 읽은 책과 자료

① 『조선을 탐한 사무라이』 이광훈(著), 서울 for book, 2016
② 『설민석의 조선왕조실록』 설민석(著), 서울 세계사, 2017
③ 『하룻밤에 읽는 일본사』 카와이 이츠시(著), 원지연(옮김), 서울 RHK,
　　2017
④ 『국사(하)』 국사편찬위원회, 대한교과서 주식회사. 1994
⑤ <국방일보 2017. 10. 17 일자> 연재 39. 사무라이 조선을 훔치다.

본 글은 독서초록讀書抄錄임을 미리 밝힌다. 위에서 기술한 책들
과 자료에 근거한 글이다.

美世麗尼 miscellany Ⅴ
<문학평론>

몽테뉴는 자신의 에세이를 노골적으로 신변잡기임을 자처하고 있다.
신변잡기는 에세이의 출발점이다. "나의 에세이는 내 집안일이나 개인적인 일을
말해 보는 것밖에는 다른 목적이 있지 않음을 말해둔다." ─몽테뉴

수필문학에서 단락이 가지는 의미 | '3인칭 에세이' 가능할 것까?
수필문학은 주관적 산문 형식이다 | 수필의 의미를 어원에서 찾다
『LES ESSAIS』 서문에서 멀어지는 한국 에세이

수필문학에서 단락이 가지는 의미

서론

모든 산문은 단락의 형태를 가진다. 수필은 산문 문장이다. 따라서 "수필은 단락의 문학이다."[1] 산문은 운문에 비교하면 소주제를 가진 작은 단락들이 서로 연결고리를 이루어 감으로써, 더 큰 단락의 대주제가 형성되는 글쓰기 형태이다. 수필이 이러한 산문이란 생태적인 속성을 가지고 있는 한 운문이 가지는 행行과 연聯의 메타포 적인 글쓰기가 아니라, 단락의 문장 구조를 취해야 한다는 것은 지극히 당연한 이치이다. 수필을 말함에서 산문적 글쓰기라는 것을 먼저 염두에 둔다면 수필에서 생기는 오해와 글쓰기 시행착오를 크게 줄일 수 있을 것이다.

본론

1. 운문과 산문

　운문이 리듬을 주로 하여 반복성repetition의 원리에서 짜나가는 것임에 반해 ① 산문은 변용의 논리에서 서론 본론 결론이나 발단 전개 대단원 등과 같은 구성방법을 가진다. 운문은 대체로 '비범한extra-ordinary 언표 형식言表形式을 지향하는 데 반해 ② 산문은 평범하거나 일상적인 언술言述이다. 운문이 모호성ambiguity을 살리는 중에 고도의 환기喚起를 꾀하고 매혹감을 안겨주지만 ③ 산문은 명료성clarity을 살리는 양식이다. 운문은 최소의 단어로써 최대의 의미를 드러내고자 하는 압축미를 생명으로 삼지만 ④ 산문은 특정한 개념을 표현하기 위한 글이다. 대체로 ⑤ 산문은 단어·문장·단락·장章이나 절節 등의 층승적層昇的인 단위로 짜여 있다.[2]

　운문verse은 운韻과 율律을 주로 하는 시詩 종류가 있고, 산문prose은 수필, 소설, 희곡 등을 말한다. 운문이 행과 연으로 이루어졌다면, 이에 반해 산문은 단락으로 형성되어있다. 시는 압축의 원리를 따르지만, 산문은 축적의 원리를 따른다. 시를 캔을 압축기로 압축하는 것에 비유된다면 산문은 탑을 쌓아가듯이 쓰는 글이다.

2. 단락이란 무엇인가?

　"낱말이 모이면 문장이 되고, 문장이 모이면 단락이 만들어진다. 단락은 그 자체로 하나의 완결된 뜻이 될 수 있지만, 대부분의 경우, 다른 단락들과 어울려 한 장章 혹은 한 편의 글로 이루어 나간다."[3]

　"단락은 주제 전개를 실현하는 분절적 구성단위로 보면 된다. 곧 소주제에 의하여 마무리 진 작은 덩어리들로 '문단·대문'이라고도 한다."[4] 단락은 산문 문장 구성의 리듬이며 긴 문장에서 율동감을 준다. 산문에서 문장의 변화와 입체감을 자아내면서 또한 생동감을 불러일으키는 장치다.

　"단락은 내부적으로 살펴보면 작가가 생각하는 사색과 사고의 기초 단위가 된다. 단락을 토막글이라 부르는 이유도 작가의 생각이 하나의 매듭으로 묶어진 단위이기 때문이다. 단락은 생각의 기본 단위로서 길이와 내용이 그때그때 다르다. 단락이 너무 작으면 개수가 많아져 내용이 쪼개질 우려가 있으며, 너무 크면 개수가 적어져서 내용이 뒤섞이게 된다. 이런 점을 고려하여 글의 목적에 맞추어 단락을 나누고 있다. "수필에서 단락은 보통 3~8 문장으로 구성되며 도입문, 뒷받침 문장, 마무리 문장으로 이루어진다."[5]

3. 단락의 전개와 배열의 의미

  단락의 종류는 문장이 놓이는 위치에 따라서 구분지기도 하고, 구성상 무슨 기능을 하는지에 대한 기능성으로 구분지기도 하며 때로는 길이로써 구분하기도 한다. 보편적인 방법으로 '기능상'의 구분을 많이 하며, 이는 '주제 전개의 방식' 그것일 수 있기 때문이다. '기능상'에 따른 구분으로 형식 단락과 의미 단락으로 나누는 경우도 있다.

  단락을 배열하는 방식이 곧 '주제의 전개법'이요 그것은 '소재의 배열법'이 되겠다. '배열'이란 각 단락의 내용을 헤아리고선 그 배치의 모양새들을 정리한 것이기 때문이다. 시간적·공간적인 순서, 일반·특수, 원인·결과, 내부·외부, 알음·모름, 원인·결과의 순서를 어떻게 할 것인가에 대한 배열 방법이다. 여기서는 문제·해결」의 순서를 어떻게 하느냐에 따라 자주 적용하는 귀납법적 전개와 연역법적 배열, 그리고 점층적 순서만을 짚고 넘어가기로 하자.

  ### 가. 「구체→추상」의 순서
  귀납법적 전개다. '특수→일반'과 비슷하다. '구체'와 '특수'가 언제나 일치하지 않다는 데서 따로 세운 가름이다. 구체적 사례를 들고, 거기에 깃들이는 이법·원리를 펴는 이론적 문장 -논설문·설명문·평론문에 많이 쓰이는 전개법이다.

나. 「추상→구체」의 순서

연역법적 배열이다. 일반적인 설명문에서 흔히 쓰인다. 두괄식 문장이나 쉬운 문장을 겨냥할 때 잘 쓰이는 구성법이다.

다. 점층적 순서

'중요도의 순서'다. 절실하지 않은 것에서 절실한 것으로 옮아 간다. 최후야말로 그 문장의 노른자위라는 관점에서의 구성법이다. 요긴한 것을 먼저 앞에 들면 그 뒤엣것엔 흥미도 주의도 여리어져 버린다.[6]

4. 단락의 기능

수행하는 역할에 따라 주제 단락, 기능 단락, 내용 단락으로 나눌 수 있다. 주제 단락은 주제를 형성하는 내용을 담는 것이다. 주제 단락이 너무 길면 나눌 수 있고, 짧으면 보조 단락이 덧붙여지기도 하므로, 결국 여러 기능의 단락들이 뒤섞이게 된다. 기능 단락은 글의 내용을 담고 있지는 않지만, 문맥을 이어주는 중요한 역할을 한다. 직접 주제를 형성하는 것이 아니라 글의 전개를 도

와주는 기능 단락은 사람의 인체를 비하면 관절과 같다. 내용 단락은 온전한 하나의 내용을 지닌 단락의 집합체라고 볼 수 있다. 눈에 보이지는 않지만 읽어가는 과정에서 적은 수의 뜻이 점점 뭉쳐져 주된 내용 단락이 된다.[7]

5. 수필이 단락의 문학이라면?

가. 수필 쓰기는 산문답게 쓰라는 주문이다.

운문형식으로 산문을 쓰기는 불가능하며, 산문형식으로 운문을 쓰기도 불가능하다. 만약 이것이 가능할 것이라면 장르의 구분을 다시 해야 한다. 이는 보통 일이 아니다. 다시 말해 문장 형태를 ① '운문', ② '산문', ③ '운문이기도 하고 산문이기도 한 세 가지로 분류하여야 하기 때문이다. 시를 빼닮은 수필과 수필을 빼닮은 시는 세상에 존재할 수 없다. 시이면 운문에 그쳐야 하고, 수필이란 소리를 들으려면 산문의 경계를 넘지 말아야 한다. 수필이 장르를 넘어간다면 이미 이것은 산문이 아니라 ③ '운문이기도 하고 산문이기도 한 가상의 장르로 넘어간다. 불행하게도 이것도 아니고 저것도 아닌 ③의 문학 장르는 아직 없다. 다만 실험이라는 이름 아래서 이해할 수 없는 시나 수필이 메타, 변종, 또는 아포리즘의 형태로 간간이 출몰할 뿐이다.

나. 수필이 가지는 구조적 한계를 나타낸다.

한 편의 글에 하나의 주제가 있듯이 하나의 문단에도 하나의 작은 주제가 있다. 기본적인 중심 생각이 모여 글 전체의 주제를 받쳐준다는 뜻에서 소주제라고 부른다. 소주제를 다루는 문장이 단락인 셈인데, 그것이 불분명하면 단락의 자격을 갖추지 못한 것이다. 작은 단락은 작은 주제들로 구성되어 뒷받침하고 있으며, 큰 단락은 작은 단락들이 받쳐 올려줌으로써 큰 단락의 주제를 살려준다.

수필을 운문같이 쓸 수 없는 이유가 여기에 있다. 수필을 시 형태로 쓰고 싶어서 단락 대신에 시의 구조적 특성인 '행과 연'의 형태를 취한다면 이는 곧 긴 시를 써 놓고 짧은 수필이라고 부리는 억지다. 단락이 산문의 출발점이라는 것을 간과했기 때문이다. 단락의 형태를 제대로 갖추지 못한 짧은 글들을 수필로 보아야 하느냐 마느냐 하는 것에 대한 논쟁이나, 이론가들이 원고지 13매에서 18매가 적당한 수필 분량이라고 제시하는 이유도 최소한의 단락의 구성을 염두에 둔 산문 형태의 글을 수필에 주문하기 때문이다.

다. 글의 형식을 제시해 주고 있다.

산문은 머리와 몸통 그리고 꼬리 부분을 가진다. "산문적 용어로 말하자면 모든 에세이는 서론, 본론 그리고 결론이라는 세 가지 부분을 가져야 한다. Winston Churchill은 에세이 글쓰기 방법을 이렇게 설명했다. 무엇을 쓸 것인가를 생각하고, 그 생각을 써 내려가라, 그리고 내가 쓴 것이 쓰고자 했던 것인지를 살펴보는 일이다.(Say what you are going to do; do it; say what you have done)"[8]

산문은 운문보다 의사전달이 명료해야 한다. 시에서 이렇게 생각해도 되고 저렇게 생각해도 되도록 하는 것은 문학의 묘미라며 칭송을 받을 일이다. 그러나 산문에서 좋다는 것인지 싫다는 것인지 알다가도 모를 애매모호 글을 썼다면 이는 분명 자기 생각이 부족한 작가 취급을 받을 것이다. "자신이 심오하다는 것을 아는 사람은 명료해지려고 애쓰고 자신이 심오한 것처럼 보이고 싶은 사람은 모호해지려고 애쓰게 되어있다."[9]

긴 글에는 시작과 마무리가 있어야 하며, 하고 싶은 이야기를 하는 부분이 있어야 한다. 거두절미하고 들이대거나 중얼거리듯 여운을 남기며 종지부를 찍는 것은 산문 쓰기가 아니다. 단락은 주제를 전개하는 기능과 글의 분량(규모)을 가늠할 수 있게 하며, 이야기의 질서를 잡아주는 산문의 길잡이다. 수필은 무형식이 아니다. 3단락, 4단락, 5단락 등의 형식을 갖추어야 한다. 수필의 형식을 '무형식' 또는 '무형식의 형식'이란 말 대신에 수필문학은 '주관적 산문 형식'[10] 이라고 굳이 형식을 밝혀주는 이유도 여기에 있다.

결론

산문에서의 단락은 운문의 형태에 있는 행·연의 대척점對蹠點에 있는 것이지 서로 혼용이 가능한 문장구조가 아니다. 수필이 산문의 하위 개념에 있는 한, 산문의 주된 형식인 '단락의 문학'이라는 형식을 따라야 함은 두말한 여지가 없다. 단락의 문학이라고 정의해 놓고, 시를 닮거나 시로 수필을 써 보겠다는 시도는 일종의 수필 연금술이다. 이는 철로써 금을 만들겠다는 꿈에 다름 아니어서 금에 대한 막연한 기대보다는 차라리 금방으로 달려가 금을 찾는 것이 빠른 방법이 될 것이다. '단락'을 떠나서는 산문 글쓰기인 수필을 말할 수가 없다.

■ 참고문헌

⑴ 윤재천『운정의 수필문학전집 1』(서울: 문학관, 2008), pp. 293-294 <좋은 수필>

⑵ 국어국문학편찬위원회 『국어국문학자료사전』(서울: 한국사전연구사, 1999). pp. 1408-1409.

⑶ 박양근『좋은 수필 창작론』(전북: 수필과 비평사, 2004) p. 195 <단락의 개념>.

⑷ 장하늘『글쓰기 표현사전』(서울: 다산 북스, 2009) p. 128.

⑸ 박양근의 위의 책 p. 196.

⑹ 장하늘의 위의 책 p. 128 요약.

⑺ 박양근의 위의 책 pp. 197~198 요약.

⑻ A.P. Martinich, 강성위/ 장혜영 역 『철학적으로 글쓰기 입문』(서울: 서광사, 2007) p. 80 <철학적 에세이의 구조>

⑼ A.P. Martinich 앞의 책 p. 15.

⑽ 이우경, 『한국 산문의 형식과 실제』. 집문당, 2004. p. 43.

'3인칭 에세이' 가능할 것일까?

들어가며

에세이Essay는 라틴어의 엑스게레exigere '시험하다'의 뜻이다.[1] 그러고 보니 몽테뉴(1533~1592)가 에세이란 글쓰기를 시험해본 지도 꽤 역사가 오래되었다. 이제는 어느 정도 정착이 되었을 법하기도 한데, 아직도 에세이는 시험 중이다. 근간에는 '3인칭' 에세이 쓰기라는 시험을 하고 있다는 전언이 있다. 차제에 3인칭 글쓰기란 어떤 것이며 이것이 에세이에서 적용 가능할 것인지를 미리 살펴보기로 한다.

펼치며

1. 에세이는 '나'의 글이다.

에세이 쓰기 초입에서부터 들어온 에세이 문학의 성격은 이러하다. 에세이란 '나'로부터 시작되는 1인칭의 글이라는 점이다. 에세이란 "1인칭의 문학이며 자기 관조를 통해 좀 더 나은 정신세계를 지향하는 자아의 투영"이라든가, "나의 시각에서 쓰이는 글", 그리고 에세이가 "자기 고백적인 문학"이란 말이 거듭 반복되고 있다.[2] 역으로 '1인칭'을 전제로 한 글쓰기가 아니고서는 에세이가 될 수 없다는 것이 에세이의 태생적 운명이라 바꾸어 말해도 좋겠다. 이 뿌리는 몽테뉴에 있다. 몽테뉴는 그의 『수상록Les Essais』 서문에서 자신의 글에 대한 성격을 이렇게 규정해 놓았다. "이 작문은 처음부터 내 집안일이나 개인적인 일을 말해 보는 것밖에는 다른 어떤 목적도 있지 않았음을 말해둔다."라든가, "여기서는 나 자신이 바로 내 책의 재료다." 라고 했다.[3] 짧은 머리말 속에 거듭하여 중언부언한 것은 가식이나 꾸밈이 없는 자신의 이야기를 쓰겠다는 글의 성격을 규정해놓기 위해서였을 것이다.

2. 소설과 에세이의 차별화가 3인칭이다.

산문을 대표하는 것이 소설과 에세이다. 같은 산문이면서도 두 장르의 형식은 확연히 다르다. "수필은 주관적 산문으로서 서사적 상황이 주관적 체험 사실에 포함, 함축되어 구체적 경험으로 제시되고, 이에 비해 소설은 서사적 산문으로서 인물과 사건을 서사적 형식을 통해 객관적 세계를 펼치고 이에 주제와 작가 정신이 내포되므로 그 방법의 양상이 수필과 다른 형식의 산문이다"[4] 소설은 '허구를 통한 산문적인 문학 형식'인 반면, 에세이는 '주관적'인 글이면서 짧은 산문 형식'을 취한다. 에세이는 생활 체험이 바탕이 되므로 소설처럼 허구적이거나 미화하지 않는다. 에세이 문학이란 객관적으로 제시되는 사물에 대해 작자가 주관적으로 반응하는 정신을 결합하는 산문문학이다. 같은 산문이면서 에세이는 '체험'이 주가 되는 1인칭의 글이지만 소설은 작중인물인 '3인칭'이 주된 글이다. 이런 이유에서 소설을 읽는 사람은 작가가 굳이 설명하지 않아도 '허구'의 지어낸 이야기인 줄 알고, 에세이집이라면 작자 자신의 진솔한 이야기라고 말하지 않아도 으레 그런 유의 글일 줄을 알고 작품집을 대한다. 문학 장르의 구분이 그렇게 변별하도록 안내해주는 편리함 덕분이다.

3. '3인칭 에세이'란 신조어는 가능한 것일까?

결론부터 말하면 실현 불가능하다. 에세이가 1인칭의 글이라고 정의를 내렸으니 작가 자신의 이야기를 하여야 한다. 3인칭 에세이란 남의 이야기를 가지고 에세이를 쓴다는 말이 되어 앞뒤가 맞지 않는다. 3인칭으로 쓰겠다면 그는 에세이가 아닌 소설을 쓰겠다는 말을 하고 있다.

간혹 1인칭 화자가 등장하는 자전적 소설이 있다. 많은 부분에 작자의 체험담이 실리지만 독자들의 흥미를 위해 요소요소에 소설의 본령인 허구성이 가미되어진다. 독자들은 사실과 허구의 차이를 분간해 낼 수 없어 모두를 작가의 이야기로 착각하지도 않을 뿐더러, 전부 꾸며낸 이야기이라는 속단도 하지 않는다. 작자 자신이 자전적 소설이라고 표제를 달기 전에는 그 경계가 애매하다.

1인칭의 '소설'이 존재할 수 없듯, 3인칭의 '에세이'는 존재할 수 없다. 간혹 에세이 속에서도 타자의 이야기를 인용할 경우가 있겠지만, 그것은 어디까지나 글을 풀어가는 전개과정에서 문학성을 더하기 위한 의인화 과정일 뿐이다.

근간에 수기 공모의 사례가 늘고 있어 에세이를 수기처럼 쓰는 것을 볼 수 있다. 이 또한 에세이와 수기의 다른 점을 모르는 까닭이다. "수기는 자신을 드러낸다는 점에서는 에세이와 같은 맥락을 지니나 문예적으로 주제를 붙이는 글이 아니며 사실적 개념의 자전적 기록일 뿐이다."[5]

4. 낯설게 하기에 활용되는 3인칭의 경우

에세이에서는 글을 낯설게 하려고 '가상의 3인칭'을 사용하는 경우가 많다. 가상의 3인칭도 결국 뿌리는 '나'로부터 출발하는 1인칭의 낯설게 하기일 뿐이며 결코 타자를 지칭하는 별개의 인칭 대명사가 아니다.

문장의 수사修辭 중에는 의인법擬人法이란 것이 있다. "사람이 아닌 어떠한 사물이나 추상 개념에 인격적 요소를 부여해서 사람과 같은 행동을 하는 것으로 표현하는 방법이다."[6] 나의 '눈' 나의 '귀' 심지어 나의 '꿈', '양심', '혼령'등이다. 에세이에서 의인법은 한결같이 '나'가 중심이 된 유형무형의 또 다른 '나'이다. 이 방법은 문학성을 높인다는 의도에서나 글의 지루함을 피하고자 쓰며 다른 말로는 활유법活喩法이라고도 한다.

예를 들어보자.

"내 몸이 반란을 시작했다. 아파트 입구에서 경례를 붙이는 아저씨께 고개를 숙이는데 등이 당기고 아프다. 이 황당한 인사법이 마땅치 않지만, 어찌해 볼 방법이 없어 민망한 몸짓으로 넘기고 있다. 어깨도 아프다. 할 일을 두고 못 보는 못된 성질 탓으로 어깨가 혹사당했나 보다. 쑤셔오면서 거북하다. 고장이 날만도 하지 얼마나 오랫동안 썼는가. 그간 잘 버티어준 것이 고맙지."[7]

— 노정숙의 「내 몸의 반란」에서

반란을 일으키는 것은 '나'가 아닌 '몸'이다. 내 몸은 비록 별개의 '그' 같은 느낌이지만 결국 '나'에 대한 이야기로 되돌아간다. 글 속에서 반복될 수밖에 없는 '나'라는 1인칭을 피해 '내 몸'이란 가상의 '그'를 등장시킴으로 문장을 잠시나마 낯설게 하며 글맛을 나게 해 준다.

"아이들이란 어른들의 어렸을 적 이야기를 듣고 싶어 한다. 그들은 상상력을 발휘해서 한 번도 보지 못한 그 옛날의 증조부나 할머니가 어떤 분이었는지 알고 싶어 한다. 며칠 전 저녁. 나의 어린 것들이 그들의 증조모 뻘인 필드 할머니에 대한 이야기를 듣고자 내 앞에 모여든 까닭도 이런 생각에서 비롯된 것이다. ~중략. 그리고 나서 금방 정신이 들자, 나는 독신자의 안락의자에 얌전히 몸을 기대고 깜빡 잠들었던 것을 깨닫게 되었다." [8]

— 찰스 램 「꿈속의 아이들」에서

윗글은 찰스 램 자신의 환상의 꿈을 소재로 한 에세이다. 그러나 글 말미에 자신의 꿈속에서의 이야기였음을 밝혀놓고 있어 읽는 이를 혼란스럽지 않게 장치를 해 놓았다. 왜냐하면, 찰스 램은 결혼도 하지 않았고, 실제로 자식도 없으면서 아이들, 부인을 등장 시키고 있기 때문이다. 자신의 꿈 이야기란 전제하에서는 얼마든지 상상의 날개를 달 수 있어서 아이들과 같이 생활하고 이루지 못한 첫사랑이 그의 부인이 되어 곁에 있기도 한다. 이는 곧 찰스 램의 사유 속에서 언제나 떠나지 않는 가정생활에 대한 동경이 꿈속이란 형태로 표현되었다. 글속의 '그'는 다름 아닌 현실에서 '나'가 이루지 못한 것을 대신하는 작자 자신의 환영이다. 문학적 상상 속에 빌려 쓰는 '가상의 3인칭'이다.

한 가지 예를 더 들어보자.

"내가 산으로 거처를 옮긴 지도 벌써 십수 년이 흘렀다. 띠 풀로 지붕을 이고, 흙벽으로 방을 꾸며 작은 한 몸 누웠으니 심신이야 그지없이 편안하다. ~중략~ 긴긴 인생 함께 살다 늘그막이 홀로된 손씨녀는 무슨 미련 그리 많고 어떤 영화를 누리기에 한 자리에 눌러앉아 떠나올 줄 모르는가. 세상 사람 말과 달리 이곳에도 봄이 오면 양지 녘에 햇볕 들고, 온갖 잡새 노래 불러, 터를 잡고 누우면 살 만한 세상이라. 부디 잰걸음으로 달려와 다시 한 번 손을 잡고 남은 인연, 마저 이어보면 어떻는지 축원하고 축수한다."[9]

— 홍억선의 「화령별곡花嶺別曲」에서

가상의 3인칭으로 등장시킨 '그'가 이야기를 끌어가고 있지만 결국 1인칭인 작가의 말을 대신하고 있다. 이 3인칭은 작자의 사후 세계에서 일어날 일들을 머릿속에서 상상 화한 '나'의 훗날 사후 모습이다. 작자는 영혼에도 생전처럼 기뻐할 줄도 섭섭해할 줄도 아는 감정을 주어 '나'를 대역시키고 있다. 비록 산속에 거처가 옮겨져 있어도 아내를 기다리는 마음은 변치 않고 있다. 죽음의 길인 줄을 번연히 알면서까지 아내가 왜 이렇게 늦게 오느냐며 투정을 부리고 있다. 작자는 살아서나 죽어서나 오매불망 아내 '손씨'의 이름을 부를 것이리라. 길고 긴 부부간 인연을 이보다 더 간절하고 애틋하게 그려낼 수 있을 것인가? 영혼이란 가상의 3인 칭을 대역시킴으로써 자칫 느끼하고 진부해질 수 있는 가족 사랑 이야기를 한 단계 더 승화시킬 수 있었다고 본다.

이처럼 수필에서의 3인칭에 대한 사용 한계란 어디까지나 작자 자신과 유관한 유형무형의 것들에 대한 대명사代名詞로 제한된다. 이런 점에서 조침문弔針文에서의 의인화와는 근본적으로 다르다. 같은 의인화일지라도 풍자나 작자와 아무런 관련을 지을 수 없는 것은 에세이가 될 수 없다. 바늘이 부러짐을 애통해하거나 규중칠 우쟁론기에서 자, 가위, 바늘, 실, 인두, 다리미, 골무를 사람으로 형상화한 이야기 등이 좋은 예다. 비록 이것들이 의인화되어 사람들과 마찬가지로 서로 경쟁하고 질투하면서 인간세계를 풍자하고는 있지만, 이는 일종의 애니메이션 같은 것이어서 에세이와는 저만치 멀리 떨어져 있다.

5. 내가 아닌 남이 주인이 된 글은 에세이가 아니다.

"자식은 돈을 벌러 외지에 가서 백골로 돌아오고, 딸은 돈벌이로 호텔에서 웃으면서 나온다. 죽은 자식은 잊으면 그만이다. 외국 손님 품에서 시달리는 딸년은 약간 애처롭지만, 아침에 웃고 들어오는 얼굴은 역시 해사하다. 그러나 기쁜 것은 돈이다. 판잣집이 양옥이 되고 골 텐 텍스 양복에 제법 반반한 신사가 된 것도 다 이 친구의 덕이다. ~중략~ 돈이 더럽다고 젓가락으로 뇌까리던 선비의 후손은 이렇게 황금 앞에 충신으로 변했다. 그리고 소원대로 복을 받아 이제는 남 앞에 어깨가 으쓱해졌다. 그런데 어느 날 그는 술을 먹고 체신 없이 목을 놓아 울고 있었다. 왜 우느냐고 물었더니, 그것은 자기도 모른다는 것이다."[10]

— 윤오영 「왜 울었던고」에서

혹자는 이것이 짧은 글이지만 감동은 천 매보다 더 크고 그 떨림이 오래 남는 에세이라고 평하는 이도 있다. 「왜 울었던고」는 처음부터 끝까지 '나'가 없는 '그'에 관한 이야기를 하고 있다. 혹시 윤오영 작가 자신의 이야기를 '그'라는 가상의 3인칭을 빌려다 쓴 것이 아닌가 싶기도 하지만 그럴 생각은 없었던 것 같다. 이러한 오해를 사전에 차단하기 위해 글의 결미에서 단호히 이 글은 '나'에 관한 고백이 아니라 제3의 인물인 '그'의 이야기임을 못 박고 있다. 전후의 참담한 사회상을 그려낸 작가의 만평漫評으로 보

176

아야 할 개연성이 다분히 크다. 윤오영 작가가 쓴 글이어서 무조건 에세이일 것이라는 것은 착각일 수도 있다. 수필가는 수필만 쓰는 것이 아니다. 이는 경주 돌이 모두 옥석이어야 하는 억지를 윤오영 작가에게 주문을 하는 것과 같다.

"우리는, 14년 전 섣달 그믐날 밤, 모자 셋이서 1인분의 우동을 주문했던 사람입니다. 그때의 한 그릇의 우동에 용기를 얻어 세 사람이 손을 맞잡고 열심히 살아갈 수가 있었습니다. 그 후, 저는 금년 의사 국가시험에 합격하여 교오또의 대학병원에서 소아과의 병아리 의사로 근무하고 있습니다만 내년 4월부터 삿포로의 종합병원에서 근무하게 되었습니다. 그리고 우동집 주인은 되지 않았습니다만, 교토의 은행에 다니는 동생과 상의해서, 지금까지 삶 가운데 최고의 사치스러운 것을 계획했습니다. 그것은, 섣달그믐 날 어머님과 셋이서 삿포로의 <북해 정>을 찾아와 3인분의 우동을 시키는 것이었습니다. 고개를 끄덕이면서 듣고 있던 여주인과 주인의 눈에서 왈칵 눈물이 넘쳐흘렀다." [11]

　　　　　　　　　　　　　　　─ 구리 료헤이 「우동 한 그릇」에서

글의 구성이 에세이하고는 다소 거리가 있을 수 있겠으나, '실화'냐, 아니면 '허구'냐에 따라 독자들의 반응은 크게 달라진다는 것을 설명하기 위해 이 글을 군이 인용해 보았다. 구리 료헤이의 이 작품은 실화라는 전제로 큰 반향을 이루었지만, 실화가 아닌 작가의 창작 작품이었다는 것을 뒤늦게 밝힘으로써 독자들의 반응은 시들해져 버렸다. 작가 자신의 실제 체험이라 믿고 눈물을 쏟아가며 반응하던 독자들이 가졌던 충격이 컸던 모양이다. '3인칭' 에세이가 출현한다면 글의 말로는「우동 한 그릇」꼴이 되고 말 것이다.

닫으며

에세이에서 3인칭 글쓰기 시도는 에세이 본령을 거스르는 일이며, 소설 같은 에세이를 쓰겠다는 욕망에 불과하다. 수사修辭의 한 방법으로서 '의인화' 기법을 사용할 경우가 있으나 그것은 어디까지나 작가 자신의 역할을 대신시키는 '가상의 3인칭'인 '그'가 있을 뿐이다. 에세이는 남의 이야기를 빌려서 자기화하거나, 나를 감쪽같이 가리고 '그'의 일인 양 포장하는 그런 장르가 아니다. 에세이는 어디까지나 '나'를 중심으로 한 1인칭의 글이어야 한다.

■ 참고 문헌
(1) 이철호『수필 창작의 이론과 실기』(서울: 정운, 2005) p.51
(2) 장사현『수필문학 총서』(서울: 북랜드, 2013), pp. 47-51 <수필창작 이론>에서 요약
(3) 몽테뉴『수상록 Les Essais』(서울: 동서 문화사, 2007) p. 7 <이 책을 읽는 이에게>

⑷ 이우경『한국 산문의 형식과 실제』(경기: 집문당, 2004) p.252 <수필과
소설의 관계>

⑸ 장사현의 위의 책『수필문학 총서』p.86 <수기와는 어떻게 다른가?>

⑹ 황송문『글쓰기의 이론과 실제』(서울: 국학자료원, 2002) p.235 <의인
법>

⑺ 윤재천『여류 수필 작품론』(서울: 세손출판회사, 2003) p.207 <노정숙
의 수필 세계>

⑻ 찰스 램『엘리아 수필집』(서울: 아이필드, 2003), p. 139 <꿈속의 어린
이들>

⑼ 윤재천『오늘의 한국 대표 수필 100인선』(서울: 문학관. 2013) pp.
467~470 <홍억선, 화령별곡>

⑽ 정주환『수필의 양식과 구성의 원리』(서울: 한국문화사, 2003) p.7

⑾ 구리 료헤이『우동 한 그릇』(서울: 청조사, 2002) p.p35-36

수필문학은 주관적 산문 형식이다

- 무형식의 형식을 반론하며

1. 들어가는 말

수필문학(이하 수필)의 형식을 무형식의 형식이라고 했다. 처음
에는 형식이 없다고 하다가 언제부터인가 모르게 무형식도 형식
이라는 논리가 설득력을 얻기 시작한다. 이렇게 해서 외형적으로
는 수필의 형식을 간신히 갖춘 셈이다. 어찌 보면 맞는 것 같기도
하고, 어찌 보면 괴변 같기도 하다. 그렇다면 수필의 형식은 정말
없을까?

2. 선문답과 무형식

평생을 수학하며 구도자의 길을 걸으신 큰스님의 마지막 일갈
一喝이 "산은 산이요 물은 물이로다."라는 말이다. 말 배우는 어린
이의 화법이지만, 솔직히 말해서 나는 아직 이 고승의 진의를 알
지 못한다. 수필에서의 '무형식의 형식' 논리도 마찬가지다. 이는
큰스님의 '~은 이다.'보다 오히려 더 어려운 표현이다. '~이 아닌
것은 ~인 것이다.'라는 화법은 부정이 곧 긍정되는 것으로 보통
문장에서는 그 전례를 찾기 어렵다. 이것은 금속을 금으로 만들려
했던 중세시대의 연금술만큼이나 허황할 것이다. 특히나 학자들
이 저서를 통해 이런 말을 반복하게 되면, 부지불식간에 공론화가
되어버린다. 수필이론이 선문답을 닮아가는 것 같다. 얼마나 어려
운, 아니면 우스운 말일까? 분명 둘 중의 하나일 것이다.

3. 수필의 무형식에 대하여

가. 논리근거

수필의 '무형식의 형식'을 이해하기 위해서 먼저 몽테뉴와 베이
컨 당시의 상황을 이해할 필요가 있다. 몽테뉴가 16세기 말에 그
의 수상록을 '에세이'라는 이름을 붙여서 냈을 때, 그는 자기도 모
르게 한 새로운 종류의 문학을 만들어 냈다. 원래 '에세이'의 어의

는 '실험하다'의 뜻이 있다. '에세이'는 우리가 말하는 수필서부터, 논설, 수상, 여행기, 비공식적인 문예비평까지를 널리 포괄하는 종류의 글이었다. 서구의 각 민족의 문학사, 특히 영문학사에는 소설, 희곡, 시의 세 장르 중 어느 것으로도 분류될 수 없으나, 영어와 영국인들의 문학사에서 "버릴 수 없는 수많은 산문작품이 포함되는 작품을 에세이"[1]로 분류하였다. 에세이(이하 수필)는 "시도 아니고, 소설도 아니고, 희곡도 아니다. …도 아니 고와 같은 논리 때문에 결국 수필은 주된 형식(시, 소설, 희곡)이 아닌 형식"[2]으로 출발하게 된다. 이처럼 길이와 문체를 각기 달리하는 잡다한 산문작품들을 통틀어서 수필이라고 부르게 되니 이것이 수필의 '무형식'에 대한 인식의 출발이다.

나. 수필은 무형식이다.

거의 모든 사전에는 수필의 형식을 일제히 '무형식'으로 표기하고 있다. 이는 수필에 대한 서구적 해석을 그대로 번역한 것으로 보인다. 수필에 대한 정의는 사전마다 조금씩 달리하고 있으나 '무형식'에서는 모두 같은 견해를 보이고 있다.

예 1) '형식에 묶이지 않고'[3] 듣고 본 것, 체험한 것, 느낀 것 등을 생각나는 대로 쓰는 산문 형식의 짤막한 글. 사건 체계를 갖지 않으며 개성적, 관조적, 인간성이 내포되게 위트, 유머,

예지로서 표현함. 상화想華, 만문漫文, 만필漫筆, 수필 문, 에세 이로 부른다. 『한국어 대사전』

예 2) 수필은 일반적으로 사전에 어떤 계획이 없이 "형식의 구애를 받지 않고"[4] 자기의 느낌, 기분, 정서 등을 표현하는 산문 양식의 한 장르이다. 『세계문예 대사전』

예 3) 수필은 소설의 서사성敍事性을 침식하고 시의 서정성을 차용하기도 하면서, 무한한 제재를 자유로운 형식으로 표현하여 인생의 향기와 삶의 성찰을 더하게 하는 것이다. 이러한 수필의 특성은 다음과 같이 명할 수 있다. 첫째, '수필은 무형식의 자유로운 산문'[5]이다. 그것은 수필이 소설이나 희곡과 같은 산문문학이면서도 구성상의 제약이 없이 자유롭게 써지는 산문임을 말한다. 『국어국문학자료사전』

학자들 간에도 사전과 거의 다를 바 없어 일일이 예를 든다는 것이 불필요하다. 김광섭은 그의 글 <수필의 문학적 영역>에서 "형식으로서의 수필 문학은 무형식이 그 형식적 특징이다. 이것은 수필의 운명이고 내용이다."라고 말했다. 김진섭은 「수필의 문학적 영역」에서 수필에는 "일정한 형식이 없고" 또 모든 것이 수필의 재료가 될 수 있는 동시에 아무렇게나 마음대로 쓸 수 있는 데에 수필이 횡행 발호하는 이유가 있다고 했다. 조연현은 「수필의 정의와 범위」에서 수필은 여러 문학의 양식 중에서 가장 그 "형식이 자유롭다"고 했다. 이정자 교수 또한 수필의 형식은 "무형식의 형식"[6]이라고 말하고 있다. 수필은 실제 체험을 바탕으로 얻은 사실을 말하고, 자기 고백하는 글이기 때문에 지은이의 사상, 감정, 인생관, 철학관, 생활관 등이 직접 드러난다. 그래서 개성의 문학이라고도 한다. 수필이 무형식이라는 것은 한두 사람의 실수로 잘못 내린 정의가 결코 아니다. 문예사전은 물론이고 많은 수필이론서에서도 거의 모두 무형식으로 규정지어놓고 있다.

다. 무형식을 형식의 한 형태로 이해하고 있다

대다수 수필가는 의아해하면서도 '무형식의 형식' 논리를 자연스럽게 받아들이고 있고 또한 인용하고 있다. 손광성은 "무형식이 형식이라는 말의 진의는 수필의 형식을 부정하는 데 있는 것이 아니라 수필의 형식적 다양성"[7]을 강조한 데 있다고 보았다.

윤재천은 무형식의 형식이라는 말은 "형식이 없다는 의미가 아니라 형식이 일정하지 않다."[8]는 의미로 해석하고 있다. 형식에 구애됨이 없이[隨] 쓴 글[筆]이란 자의적字意的 해서에 의한 단순한 개념에 지나지 않는바, 이를 보완하기 위해서 좀 더 보완하면 다양한 제재를 자유로운 형식으로 표출함으로써 대상에 대한 바른 안목을 갖게 하는 글로 정의하고 있다.

이우경은 수필을 비교적 자유롭게 표현한다고 해서 어떤 기준과 제한점도 없는 것처럼 생각하기 쉬우나 결코 단순한 형태의

글이 아니라고 했다. "각각에 맞는 형식을 창조해야 하므로 일단
은 그 각각의 형식과 방법들을 일일이 한정할 수 없다는 점에서
무형식 적"[9]이라고 했다. 질서와 형식이 있되 '무질서'하다고 할
만큼 많은 요소가 관련되어있어서 "일정한 형식이 없다."[10]고 할
만큼 다양한 형식이 존재함을 간단하게 줄여 무형식으로 표현한
것으로 이해했다.

라. 무형식이 수필문학에 미치는 영향

장르는 곧 형식이다. 장르genre의 사전적 의미는 문학, 문학, 예
술에서의 부문, 종류, 양식, 형型 따위에 따른 갈래를 뜻하고 있다.
수필에 형식이 없다는 말은 곧 문학 장르가 아니라는 강한 자기
부정의 함정이 숨어있다. 그러므로 '무형식'이면 수필은 문학 장
르에 들어서지 못한다. 수필이 문학이 아니면 자동으로 수필가는
문학인이 아니다. 수필이 무형식이라면 우리는 지금 시, 소설, 희
곡 세 장르로만 분류하던 중세기로 회귀하고 있는 셈이다. '형식'
이 없으면 문학 수필은 결국 여기餘技요, 잡기雜記요, 영어로는 미
셀러니miscellany가 되어 문학 반열에 오르지 못한다. 수필에 대한
이론이나 수필 평론은 마저 모두 잡설雜說이란 취급을 받게 될 것
이다.

4. 이웃 장르(시와 소설)의 형식

문학은 내용과 형식에 따라서 여러 갈래로 나누어지며 각기 독특한 미감과 기능이 있다. 크게는 형식 또는 세분화해서 종류로 보아도 무난하다. 여기서는 형식과 종류를 편의상 혼용하도록 하겠다. 문장 형식은 크게 운문과 산문으로 구분되고 운문은 서사시, 서정시, 희곡 등으로 발전되었으며 산문은 토의적 문학으로서 역사, 철학, 웅변 등으로 발전해 왔다. 형식에 따른 분류는 학자마다 다르나 다음과 같은 구분을 한다. "이병기는 문학의 형태를 시가와 산문으로 나누어 2분법으로, 장덕순은 서정적, 서사, 극적 양식으로 나누어 3분법으로 분류했다. 조윤제는 시가, 가사, 소설, 희곡 등 4분법, 조동일은 서정, 서사, 희곡, 교술 등 4분법을 제시했다."[11]

가. 시의 형식(종류)

"시는 운문과 창작이라는 형식"[12]을 취하고 있다. 시는 산문에 대립하는 운문 장르로서 서구에서 원래 창작문학을 포괄하는 명칭으로 사용되었다. 시의 영어단어 'poem'은 그리스어 '창작하다'의 poiesis에서 온 말이다. 시는 운문적, 축약적이다.

운문을 대표하는 것이 시이다. "시를 형식상으로 분류하면 정형시, 자유시, 산문시로 분류할 수 있으며, 내용상으로는 서사시,

서정시, 극시로 구분할 수 있다."[13] 정형시는 일본의 하이쿠, 중국 한시, 서구 소네트, 한국 시조 등이 이에 속한다. 자유시는 운율적, 형식적 제약에서 벗어난 자유로운 형태의 시다. 산문시는 시의 내용을 행의 구분 없이 연 단위로 산문처럼 표현한 시다. 내용상으로는 개인의 주관적인 정서와 감점을 표현한 서정시, 일정한 사건을 객관적인 시각으로 노래한 서사시, 극적인 내용을 시적 언어로 표시한 극시로 구분할 수 있겠다. 이 외에도 목적상으로는 예술성을 추구한 순수시와 목적의식을 중시한 참여시가 있다. 경향 상으로는 개인의 정감과 정서를 노래한 주정시主情詩, 감정보다 이성과 심상을 중시한 주지시主知詩, 인간의 의지의 측면을 중시한 주의시主義詩가 있다.

나. 소설의 형식(종류)

소설은 "허구를 통한 산문적인 문학 형식"[14]이다. 소설은 허구적 산문으로 된 긴 길이의 이야기로, 이 속에서 현실적 삶을 대표하는 인물들과 사건들은 다소간 복잡하게 얽힌 구성에 따라 그려진 것이다. 대체로 길고 복잡한 산문형식의 이야기로 연속되는 사건들을 통해 인간의 체험을 다루게 된다. 삶과 성격의 다양함을 그리고자 하는 뜻에서 상상적인 인간들의 모험이나 감정을 다루는 허구적 산문 담 등과 같은 것이다.[15] 양쪽 모두 소설의 공통 요소를 산문형식과 허구성을 두 가지를 들고 있다.

소설의 종류 혹은 갈래에 대한 견해는 논자에 따라 다양한 시간에서 제시되고 있는데 일반적으로 논자들은 소설이 지니는 외부조건과 내부 조건에 의하여 소설의 종류를 나누고 있다.

외부조건에 의한 분류는 소설의 분량과 문예사조 그리고 시대에 따라 분류한다. 분량에 따라 콩트conte, 단편소설, 중편소설, 장편소설, 대하소설로 나누며 문예사조에 따라서는 "낭만주의 소설, 사실주의 소설, 자연주의 소설, 심리소설로 나누어진다.

시대에 따라서는 "고대소설, 신소설, 근대소설, 현대소설"로 나눈다. 내부조건에 의한 분류는 구성요소 즉 주제, 인물, 사건, 배경 등에 의하여 분류될 수 있다. 주제의 목적에 따라 교육소설, 계몽소설, 정치소설, 포교소설이 있다. 작중인물이 지니는 인간형이나 신분에 따라 영웅소설, 기사소설, 탐정 소설 등으로 나누어질 수 있으며 작중 인물의 성격창조에 따라서 성격소설, 심리 소설 등으로 분류된다.

사건 내용의 분위기와 결과에 따라 명랑소설, 순정소설, 희극소설, 비극소설로 나누어지며 특이한 사건의 내용에 따라서 모험소설, 추리소설, 공포소설 등으로 분류된다. 배경에 따라서 농촌소설, 해양소설, 전쟁소설, 전원소설, 등반소설, 역사소설, 항공 소설 등으로 분류될 수 있다.[16] 수필 못지않은 소설의 갈래들이다.

5. 수필에서 형식(종류)

전항에서 살펴본 바와 같이 시의 경우 "시는 운문과 창작이라는 형식"이라고 했으며 소설은 "허구를 통한 산문적인 문학 형식"으로 했다. 그렇다면 이에 맞갖은 수필의 형식이 지금까지의 "무형식의 형식"이란 논리로 대신할 수는 없을 것이다. 수필은 '주관성'과 '산문성'이 혼용된 구성이다. 주관성은 같은 산문에 속한 소설 장르와 구분이 될 수 있고, 산문 성은 시 장르의 운문 성과 대척점에 있게 된다. 형식에 대한 구분은 시, 소설을 통해 비교할 때 이해가 가장 쉽다. 수필은 '주관적 산문 문장 형식'이라는 점에서 소설의 '허구적 산문 형식'과 다르게 된다.

수필의 종류를 살펴보면 보편적으로 제재와 내용에 의하여 분류될 수 있다. 제제에 의한 분류는 논자에 따라서 2종류 설, 3종류 설, 5종류 설, 8종류 설, 10종류 설 등으로 다양하게 이루어지고 있다. 2종류 설에서는 생활적 수필과 학리적 수필로 나누는가 하면, 10가지 종류 설에는 관찰수필, 신변수필, 성격수필, 묘사수필, 비평수필, 과학수필, 철학적 수필, 담화수필, 서한 수필, 사설수필로 구분한다. 내용에 따라서는 보통 경수필과 중수필로 나눈다.

먼저 경수필輕隨筆은 개인적인 신변문제, 즉 자신의 심정, 감정, 심리 등을 중심으로 하여 써진다. 문장의 흐름은 부드럽고 경쾌하며 가벼운 느낌을 주며 일기문 감상문 수상문 등이 이에 속한다.

중수필重隨筆은 일반적으로 소론, 평론, 논평의 의미로 essay로 지칭되고 있다. 일반적・객관적・이성적・역사적・지성적 표현의 글로서 보편적 논리로 구성되어있다. 문장의 흐름이 딱딱하면서도 중후한 느낌을 준다. 소・논문 평론 논평 등이 이에 속한다.[17] 손광성의 수필 분류는 이와 다르며 독특하다. 그는 제재와 형식 두 가지로 구분하며 먼저 제재에 의한 분류를 추상수필, 구상수필, 자전수필, 비판수필로 구분하였으며 형식에 의한 분류로는 시적 수필, 소설적 수필, 극적 수필, 비평적 수필로 나누었다.[18]

6. 수필의 형식은 주관적 산문형식이다.

지금까지의 수필 장르에 대한 논쟁은 수필이 "어느 한 쪽의 양식에 완전히 포함되거나 독립되어 있지 않은 문학 형태이기 때문이다."[19]라고 주장하기도 하지만 바로 이러한 그릇된 인식 때문에 장르 규정이 혼란스럽다는 점을 먼저 인식해야 할 필요가 있다. 즉 어느 한쪽에 쉽게 포함될 수 있었다면 수필의 형태가 따로 존재하지 않았을 것이고 또한 말 그대로 독립되어 있지 않은 문학 형태라면 역시 어딘가에 이미 흡수되었을 것이므로 이처럼 독립된 장르가 남아있지 않았을 것이다. 서구 전문인의 말이라고 해서 구체적으로 의미하는 바를 실제 우리 작품에서 검증하지도 않고 무형식만을 단순히 강조한 태도는 수필의 본질적인 측면과

동떨어진 이해이다.[20] 수필은 '주관적 산문'이다.[21] 수필이 가지는 특성인 산문 성과 주관성이란 점을 형식에서 나타내야 할 필요성이 있다. 이는 곧 시와 소설을 구분하는 확실한 방법이다. 수필은 생활 체험이 생성의 바탕이 되므로 무엇보다 '인간적인 삶'의 내용이 근거가 된다. 따라서 허구적이거나 미화되었거나 목적을 위한 수단으로 쓰일 수 없다. 수필의 형식적 특질을 문장(언어)과 문장의 조직 방법(구성)의 길이에 있다고 본 정진권은 내용상의 특질을 다음과 같이 요약하고 있다. 수필문장이란 존재 상황, 사건 등 독자에게 객관적으로 제시되는 사물과 사상, 정서 등 작가가 주관적으로 반응하는 정신을 결합함으로써 문학적 기능을 다하려는 13매 내외의 길이를 주류로 하는 산문문학[22]으로 보았다.

7. 나가는 글

살펴본 바와 같이 여타의 문학 장르, 즉 시나 소설에서도 수필만큼의 다양한 갈래의 종류와 구분이 있음을 보았다. 유독 수필만 '무형식'이라고 한다면 그것은 무책임한 표현이다. 이는 수필을 주변 문학으로 전락시키는 구실을 만들 수 있다. 수필의 형식은 문학 장르로서의 자격일 뿐만 아니라 수필을 특징짓는 핵심적인 요소라고 할 수 있다. 서구 '에세이'에서 묻어온 '무형식'이란 표현을 지금까지도 떨치지 못함은 우리 수필 문단의 아이러니이기도 하다. '무형식'은 그 형식이 너무 다양해서도 아니며, 무형식이 곧 하나의 형식이 됨을 뜻하는 것도 아니다. 다만 형식에 대해 올바른 인식을 하지 못한 소치일 뿐이다. 수필의 형식은 '주관적 산문 형식'이다.

■ 참고문헌

1) 김진만, <영국 에세이> 전문,『한국수필』, 1992. 여름호.

2) 이우경,『한국 산문의 형식과 실제』. 집문당, 2004. p. 59.

3) 한국어사전편찬회편,『한국어 대사전』. 1976. 현문사.

4) 문덕수,『세계문예 대사전』. 1975. 성문 각.

5) 국어국문학편찬위원회,『국어국문학자료사전』. 1994. 한국사전 연구사).

6) 이정자,『글쓰기의 길잡이』. 2005. 새미. p. 119.

7) 손광성,『손광성의 수필 쓰기』, 2008. 을유문화사. p. 23.

8) 윤재천,『윤재천 수필문학 전집 1권, 수필론 』 2008. 문학관. p.18.

9) 이우경의 위의 책 이우경의 p. 23.

10) 앞의 책 p. 259.

11) 앞의 책 p. 15.

12) 정진이.『문학비평용어 사전』. 2006. 새미. <시>

13) 원명수 외 1『문학 정론』 2006. 계명대출판부, pp. 113~125.

14) 이정자의 위의 책, p. 140.

15) 정진이의 위의 책,『문학비평용어 사전』(서울: 새미) <소설>.

16) 원명수의 위의 책, pp. 185-188 <소설의 종류> 요약.

17) 원명수의 위의 책, pp. 237-240, <수필의 종류>.

18) 손광성의 위의 책, pp. 54-68 요약.

19) 이우경의 위의 책, p.15, 박이도외『문학개론, 1985, 경희대 출판부, p. 147 재인용

20) 이우경의 위의 책 p. 28

21) 앞의 책, p.43

22) 정주환,『수필의 양식과 구성의 원리』, 2003. 한국 문화사. pp. 142~ 144. <정진권의 수필문학의 형식상의 특질>

수필隨筆의 의미를 어원語源에서 찾다

1. 들어가면서

수필문학에 대한 논란은 늘 뜨거웠다. 갑론을박의 중심에는 다름 아닌 한문으로 된 隨筆이란 두 글자 해석 때문이었다. "붓 가는 대로 쓰는 글" 혹은 "수시로 적어두는 글"의 힘겨루기다. 이에 대한 오랜 논쟁은 수필의 어원을 찾아봄으로써 어렵지 않게 종식될 수 있을 것이라 보고 있다.

2. 수필隨筆의 어원을 찾아서

동양권에서 수필의 처음 시작은 중국의 경우 홍매洪邁 A.D.

1202, 일본은 세이 쇼나곤清少納言 A.D. 1000, 우리나라는 조선 시대 박지원 A.D. 1780부터이다. 이름하여 수필隨筆의 창업자로 삼은 인물들은 모두 자신의 글을 수필이라 이름하였다. 어떤 판단에 수필이라 이름하였는지를 알아보기로 한다. 한문 문화권에서 중국. 일본, 한국은 모두 같은 단어를 쓰고 있기에 의미가 다를 수는 없다. 단지 용어풀이를 달리하기 때문에 이론異論이 발생하여 상호간 충돌이 생기는 것이다. 용어의 정의는 곧 글의 성격을 명확히 규정하는 일이 될 것이므로 소홀히 다룰 문제가 아니다. 홍매. 세이 쇼나곤. 박지원이 쓴 글을 직접 만나 보기로 한다.

3. 중국 홍매의 수필 개관

가. 지금까지 수필의 효시는 중국 남송 때 홍매(1123~1202)다. 그는 고종 효종 광종 영종 등 4대에 걸쳐 관직을 가졌으며 마지막 관직은 제상에까지 이르렀던 인물이다. 달관의 경지에 이른 학식을 바탕으로 방대한 저술을 남겼으며 필기집으로 ①『용재수필容齋隨筆』(5집 74권)을 남겼다. 40년이란 오랜 시간을 거쳐 수많은 책을 읽으면서 그 속에서 알짜만을 골라 편집한 책이다. 용재容齋는 홍매洪邁의 호이다.

나. 예문보기

예문 1) 인재는 쓰려는 의지만 있으면 넘쳐가게 마련이다.

이미 사서에 기록된 기재奇才인 고대 정鄭 나라의 촉지무燭之武와 현고弦高는 계략으로써 적군을 물리치고 나라를 지켰던 인물들이다. 그리고 특별한 재간을 가진 인재가 무수히 배출되어 그 수를 헤아리기 힘들 정도였다.

예문 2) 할 말과 못할 말을 가리지 못하면 큰 화를 당한다.

역사책을 두루 섭렵하다 보면 말조심을 하지 않아 억울하게 죽음을 당한 예가 너무 많다. 한漢의 고조가 그렇다.

예문 3) 죄를 덮어씌우려면 무슨 죄명인들 없겠는가

『좌전左傳』에 이런 구절이 있다. '한 사람을 해치우는 데 이유가 없어 근심하는 일이 생겨날까?' 예로부터 한 사람을 사경으로 몰아넣고자 한다면 그에 합당한 이유를 찾는 것은 그다지 어려운 일이 아니다.

다. 평가

예문 1)에서는 사서에 기록된 내용을 인용하고 있다. 예문 2)에서는 역사책을 두루 섭렵하여 한 고조를 인용하고 있다. 예문 3) 좌전에서 사례를 인용하고 있다. 위 예문에서 보는 바와 같이 홍매의 글은 대부분 독서초록에 가까워 역사자료들을 많이 인용하고 있다. 매사에 해박했던 사대부 홍매는 평생토록 방대한 양의 도서를 섭렵하였다. 그러한 그에게는 독서 시 필기하는 좋은 습관도 있었다. 독서하다가 문득 떠오르는 생각이나 감상이 있으면 그 즉시 기록하곤 하였다. 40여 년간 해온 독서와 기록을 그때그때마다 정리하고 집대성한 것이 바로 이 책이다.

4. 일본의 세이 쇼나곤淸少納言의 수필 개관

가. 동양 수필사에 일본의 수필을 검토 대상에서 빠트린 것은 큰 잘못이라고 생각한다. 일본은 ② 서기 1000년 헤이안 시대에 세이 쇼나곤淸少納言이 쓴 수필집『마쿠라노소시枕草子』를 수필의 효시라고 말한다. 중국의 용재수필보다는 100년이나 앞선 시점이다. 그녀가 제목으로 택한 '枕草子'는 '베갯머리의 글'이라는 뜻이다.

나. 예문 보기

예문 1) 사계절마다의 정취 (四界それぞれの情趣)

겨울은 이른 아침. 눈이 내린 아침은 말할 것도 없고. 서리가 새하얗게 내린 것도 멋지다. 또 무척 추울 때 불을 급히 피워 숯을 들고 지나가는 모습도 겨울에 어울린다. 오후가 되어 추위가 점점 풀리면 화롯불도 하얀 재가 눈에 띄어 좋지 않다.

예문2) 귀여운 것 (かわいらしいもの)

귀여운 것. 참외에 그린 아기 얼굴. 사람이 쥐 소리를 흉내 내 부르니 아기 참새가 폴짝폴짝 춤추듯 다가온다. 두세 살 정도 된 아기가 막 기어오다가 아주 작은 먼지가 있는 것을 재빨리 발견하고는 고사리 같은 손으로 집어서 어른들에게 보여주는 모습은 너무도 사랑스럽다. 단발머리를 한 여자 아이가 머리카락이 눈을 덮었는데도 쓸어 올리려고 하지도 않으면서 살짝 고개를 기울인 채. 뭔가를 보고 있는 것도 정말이지 앙증맞다.

예문3) 부러워지는 것 (うらやましいもの)

마음먹고 신사에 참배 갔을 때. 안쪽 경내에 다다른 곳에서 몹시 힘겨운 것을 참아가며 오르막길을 올라갔는데. 전혀 힘든 기색 없이. 뒤에 오는구나 싶던 사람이 휙휙 앞질러 가서 먼저 참배하다니. 부러울 따름이다. ~생략~ 보통 다른 데서는 눈에 들어오지도 않을 소소한 일이 이때만큼은 당장 그 여자가 되었으면 하는 심정이다.

예문4) 흥이 깨지는 것(興ざめなもの)

정말로 주인의 임관을 고대하던 이들은 너무 실망이 컸다. 다음 날 아침이 되자 빈틈도 없이 기다리고 있던 사람들은 하나둘 슬며시 자리를 뜨고 만다. 오랫동안 모시어 그마저도 쉽사리 자리를 뜰 수 없는 이들은 내년에 관직이 비는 지방들을 손꼽아가며 숫자를 헤아리거나 하면서 그 주위를 어슬렁어슬렁한다. 그 모습도 처량해서 흥이 깨지지 마련이다.

예문5) 세상에서 제일 괴로운 일은 (世の中で一番つらいことは)

세상에서 누가 뭐래도 역시 가장 괴로운 것은 다른 사람에게 미움받는 일일 것이다. 대체 어느 정신 나간 사람이 자기는 남에게 미움을 사고자 생각했겠는가. 하지만 자연적으로 일하는 곳에서. 사랑받는 사람과 사랑받지 못하는 사람으로 구분 지어지는 것은 정말로 괴로운 일이다. 신분이 높은 사람의 경우는 물론이거니와. 신분이 낮은 사람의 경우에도 부모가 사랑스레 여기는 자식은 주위 사람들로부터도 주목을 받고 귀 기울여주며, 귀하게 여겨지는 법이다. 돌본 보람이 있는 자식이라면 부모가 어여삐 여기는 것도 지당한 일이며. 어찌 사랑스러워하지 않을 수 있겠는가 하고 여겨진다. 또한 딱히 잘하는 게 없는 자식이라도. 그런 자식을 부모이기에 귀여워하는 마음은 절실히 느껴진다. 부모에게든. 주군에게든 또한 교제가 있는 상대 모두에게. 사람들에게 사랑받는 일만큼 멋진 일은 없을 것이다.

다. 평가

예문1), 2), 3), 4)는 『마쿠라노소시枕草子』 수필집에서 나오는 작품 중 일부분이다. 세이 쇼나곤清少納言이 궁녀로 일할 때 그때그때마다 생각나는 소회를 적은 글이다. 그녀의 수필집『마쿠라노소시枕草子』의 연유에 대해 세이 쇼나곤은 이렇게 설명해 놓고 있다.

③ "중궁 '데이시'의 오빠가 '데이시'에게 종이를 헌상했다. '데이시'가 무엇을 쓸까 망설이고 있는 사이 베갯머리 맡에 두시지요 하고 내가 말하자 '그렇다면 자네에게 주겠네.' 하고 종이를 건네주었고. 그 종이에 이러저러한 내용을 적었다"고 밝히고 있다. 마쿠라노소시枕草子는 일어日語로 '베갯머리 글'이란 뜻을 가지고 있다.

5. 박지원의 열하일기에서의 수필개관

가. 우리는 1780년 박지원의 ④『열하일기』에 나오는 ⑤<일신수필馹迅隨筆>을 수필의 기원으로 삼고 있다. 연암이 청나라 열하와 북중국, 남만주 일대를 돌아보며 견문하고 체험했던 일들을 자세하게 기록해 놓은 것이다. 책의 구성은 크게 2부분으로 나누어 1~7권은 여행 경로를 기록했고, 8~26권은 보고 들은 것들을 자세히 기록하고 있다. 지금부터 약 240년 전의 일이다.

나. 예문 보기

예문1) 입과 귀에만 의지하는 자들과는 더불어 학문에 대해 이야기

할 바가 못 된다. 평생토록 뜻을 다하여도 도달하지 못하는 것이 학문 아니던가. 사람들은 "성인聖人이 태산에 올라 내려다보니 천하가 작게 보였다."고 말하면, 속으로는 그렇게 생각하지 않으면서 입으로는 그렇다고 대답할 것이다. 그러나 "부처가 시방세계十方世界를 보았다."하면 허황하다고 배척할 것이다. 태서泰西 사람이 큰 배를 타고 지구 밖을 돌았다"고 하면 말도 안 되는 소리라고 버럭 화를 낼 것이다.

예문2) 일신수필 서에서 ⑤달리는 말 위에서 휙휙 스쳐 지나가는 것들을 기록하노라니 문득 이런 생각이 들었다. 먹을 한 점 찍는 사이는 눈 한번 깜박이고 숨 한 번 쉬는 짧은 순간에 지나지 않는다.(상권)

예문3)
"중국의 제일 장관은 저 기와 조각에 있다." 대체로 깨진 기와 조각은 천하에 쓸모없는 물건이다. 그러나 민가에서 담을 쌓을 때 어깨 높이 위쪽으로 깨진 기와 조각을 둘씩 둘씩 짝을 지어 물결무늬를 만들거나, 혹은 네 조각을 모아 쇠사슬 모양을 만들거나, 또는 네 조각을 등지게 하여 노나라 엽전 모양처럼 만든다. 그러면 구멍이 찬란하게 뚫리어 안팎이 서로 비추게 된다. 깨진 기와 조각도 알뜰하게 써먹었기 때문에 천하의 무늬를 여기에 다 새길 수 있었던 것이다.

다. 평가

예문1) 연암은 이 책을 통해 북학파의 사상을 역설하고 동시에

구태의연한 명분론에 사로잡혀 있는 경색된 당시의 사고방식을 풍자하고 있다. 예문2)에서 연암이 자신이 수필을 일신수필馹迅隨筆이라는 설명을 하고 있다. 馹迅隨筆일신수필의 '馹일'은 '역마', '迅신'은 '빠르다'라는 뜻이다. 즉 달리는 말을 타고 가면서 스쳐가는 생각들을 수시로 기록한 것이라는 뜻이다.

6. 결론

중국의 홍매는 방대한 도서를 섭렵했다는 사실과 특히 독서 시 필기하는 좋은 습관이 있어 떠오르는 생각이 있으면 즉시 기록했다는 독서습관을 확인할 수 있었다. 아울러 일본의 세이 쇼나곤은 베게머리에 필기구를 두고 생각날 때마다 썼던 글이 자신의 글 마쿠라노스지라고 밝히고 있다. 마지막으로 조선의 박지원은 열하일기에서 馹迅隨筆일신수필을 달리는 말을 타고 가면서 스쳐 지나가는 생각들을 수시로 기록한 것이라고 했다. 동양 3국 (한·중·일) 모두 동일한 한자어 隨筆수필을 쓰고 있으면서 의미 또한 모두 같았음을 확인할 수 있었다. 이로써 隨筆수필의 한자음은 隨 : (때때로) 수, 筆 (쓸, 적어둘) 필의 隨筆임이 명징해졌다.

수필隨筆은 일정하게 정해 놓은 때가 없이 ⑥수시隨時로 필기筆記해 놓는 글이다. 따라서 종래의 ⑦'붓 가는 대로'란 의미의 따를 수隨, 붓 필筆이란 뜻풀이는 더는 논쟁거리가 되지 않길 바란다. 아울러 위의 자료 검토 중 발견된 일본의 수필문학 시작을 마쿠라 노소시枕草子로 하고 있는 한, 동양에서의 수필의 효시는 홍매가 아닌 세이 쇼나곤淸少納言으로 바로잡아줄 것을 주장한다. 같은 한자문화권에서 100년이나 앞선 일본 수필을 간과했다는 느낌이 없잖아 있어 보이기 때문이다.

■ 참고도서

① 홍매 『경세지략(용재수필)』 임국웅 옮김 (서울: 넥서스 BOOKS, 2004) 상권 P28, 121, 350

② 마쓰무라 아키라 외· 윤철규 옮김 『절대지식 일본고전』 (서울: 이다미디어, 2011) 20쪽 <일본고전과 역사연대표>

③ 위의 책 503~510쪽 <마쿠라노소시>

④ 박지원 고미숙 외 옮김 『열하일기』(서울: 그린비, 2008) 226~299쪽

⑤ 위의 책 226쪽 <馹迅隨筆>

⑥ 손광성 『손광성의 수필쓰기』(서울: 을유문화사, 2009) 15쪽 <수시로 기록한 글>

⑦ 이관희 『토론』(서울: 도서출판 비유, 2016) 74쪽 <수필이 현대문학 개혁에서 제외되었다는 증거1: '붓 가는 대로'>

『LES ESSAIS』 서문에서
멀어지는 한국 에세이

서론

　'에세이'는 서양에서 들여 온 것이다. 우리말 번역이 '수필'이 되
는 바람에 에세이 이해에 혼선이 적지 않았다. 에세이에 대한 올
바른 이해는 무엇보다 에세이의 기점이 된 몽테뉴Michel de Montaigne의
『LES ESSAIS』를 출발점으로 하여야 한다. 왜냐하면 몽테뉴가 표방
하고자 하는 『LES ESSAIS』의 성격을 가장 이해하기 쉽게 그의 글
서문에서 밝혀놓고 있기 때문이다. 몽테뉴 이후 400년, 오늘 한국
의 에세이는 몽테뉴의 첫 시도로부터 어떤 편차를 가지고 있는지
를 스스로 진단해 볼 필요가 있다.

본론

1. 에세이의 시작

에세이essai는 '시도' 또는 '실험'의 뜻을 가진 프랑스어다. 영어의 essay는 프랑스어의 essai에서 온 말이다. 그러면 몽테뉴는 무엇을 실험하고자 했을까? 다행히 『LES ESSAIS』 서문에서 글 성격을 스스로 밝혀놓음으로써 그의 실험이 무엇이었는지를 독자들이 미리 감지하도록 안내해 주었다. 그 실험은 "자신을 소재로 한 글"을 써서 내놓는 것이었다. 독자들의 반응은 매우 뜨거웠고 실험은 대 성공을 거두었다. 이후 에세이는 글쓰기의 한 형태로 자리 잡았다.

2. 고유명사가 되어버린 에세이

이후 에세이 쓰기는 실험의 의미를 완전히 떠나 고유 명사화가 되어 글쓰기 한 형태로 자리매김하였다. 좋은 예로 프랑스 몽테뉴 『LES ESSAIS(1583)』로 시작하여 영국의 베이컨Francis Bacon의 에세이집 『Bacon 에세이(1597)』에 이어 찰스 램Lamb의 『엘리아 에세이Essays of Elia (1823)』으로 이어진 에세이의 인기가 이를 증명해 주고 있다. 바꾸어 말하면 몽테뉴의 에세이는 문장의 한 형태로 대를 이어가고 있음을 뜻한다. 이제 우리가 할 일은 에세이다운 에세이를 쓰는 일만 남았다. 이는 곧 『LES ESSAIS』의 서문을 가이드라인으로 한 에세이를 의미한다. 에세이의 어원이 실험이었다고 해서 연구 발전이란 명목하에 에세이를 마음대로 재단裁斷하려 드는 것은 분야를 위해 기여하는 것이 아니라 오히려 발묘조장拔苗助長의 일에 지나지 아니할 것이다. 에세이는 너도 한번 해보고 나도 한번 해보는 실험실 시험편이 더는 아니다. 몽테뉴는 에세이를 처음 시작한 사람이자 성공으로 마무리 지었던 사람이다. 백가쟁명百家爭鳴의 에세이 이론 현상은 한국 문단에서만 볼 수 있는 기이한 현상이다.

3. 잡기에 관한 마음 편한 이해

에세이를 모독하는 단어 중에 '잡기雜記'가 있다. 잡기란 '잡스러운 글'이라는 풀이까지 더하여 혐오감을 증폭시킨다. '잡기'의 사전적 의미를 살펴보면 업신여김의 뜻은 아무 데서도 찾아볼 수가 없다. '잡雜'은 영어의 'miscellaneous'이다. 이는 형용사로 주로 명사 앞에 써서 여러 가지 종류라는 뜻이며, 이것저것 '다양한'의 의미를 가진다. 서양의 문학 장르 구분에도 '에세이'가 'miscellaneous'로 분류되는 것만 보아도 그렇다. 자유분방함과 소재의 다양성은 금기 사항으로 기피할 것이 아니라 오히려 장려할 일이다. 위 2항에 언급된 몽테뉴, 베이컨, 찰스 램 등은 자유분방함과 다양성을 통하여 자신들의 잡기를 내보임으로써 당대 문단을 선도했던 대가들이 되었다.

4. 서문에서 보인 '에세이' 얼개

몽테뉴『LES ESSAIS (1583)』의 서문을 이해를 도우려 짧은 전문을 그대로 옮겨 적는다.

"이 책을 읽는 이에게. 이 책을 읽는 이여, 여기 이 책은 성실한 마음으로 썼음을 밝힌다. 이 작품은 처음부터 내 집안일이나 개인적인 일을 말해 보는 것밖에는 다른 어떤 목적도 있지 않았음을 말해둔다. 이것이 세상 사람들의 호평을 사기 위한 것이었다면, 나는 자신을 좀 더 잘 장식하고 조심스레 연구해서 내보였을 것이다. 모두 여기 생긴 그대로의 자연스럽고 평범하고 꾸밈없는 나를 보아주기 바란다. 왜냐하면, 내가 묘사하는 것이 나 자신이기 때문이다. 내 결점들이 여기에 그대로 나온다. 터놓고 보여줄 수 있는 한도에서 타고난 그대로의 내 생김을 내놓았다. 그러니 이 책을 읽는 이여, 여기서는 나 자신이 바로 내 책의 재료이다. 1583. 3. 1."

5. '에세이' 이론의 허와 실

살펴본 바와 같이 몽테뉴의 실험 성공 이후 긴 역사가 흘렀음에도 우리 문단은 아직도 초기의 실험 정신으로 새로운 에세이를 꿈꾸고 있다. 한국 문단에서만 있는 기이한 현상이다. 나름대로 만들어 낸 에세이 이론들이 봇물을 이룬다. 이는 에세이란 글쓰기를 장애물 경주로 만들고 문턱만 높일 뿐이다. 주요 논란이 되는 몇 가지 주장들의 허와 실을 살펴보기로 한다.

가. 원고지 몇 매 분량이라는 제한 사항

가) 허

여러 사람의 글을 묶어 함께 실어야 한다는 사정이 있다. 그러나 어느덧 이것이 체질화되어 에세이라면 원고지 15매 또는 13매라는 말이 공론화되어있다. 이런 현상은 개인 작품집에서도 그대로 나타나 작가 스스로가 묵시적으로 15매의 족쇄에 묶인다. 자신의 경비로 에세이집을 출간하면서도 자로 잰 듯 길이가 같아서 들쭉날쭉한 것이 없다.

나) 실

몽테뉴의 수상록에서는 글의 길이에 제한이 없다. 몇몇 페이지의 짧은 글도 있고, 대단히 긴 글도 있다. 처음부터 분량의 제한을 두지 않았다. '레이몽 스봉의 변호' 의 경우는 무려 200페이지가 넘어 책 한 권으로 따로 만들어도 될 만한 많은 분량이다. 원고지로 몇 장은 여러 사람의 작품을 묶어서 펴낼 때 편집원들의 요망

사항일 뿐이다. 에세이는 길이와 관계없는 글이다. 편의상 요구하던 것이 습관으로 굳어져 버린 짧은 글쓰기가 되지 않아야 할 것이다.

나. 신변잡기에 대한 과민 반응

가) 허

'에세이'와 '신변잡기'를 무슨 수를 써서라도 떼어 놓아야 한다며 고집을 부리는 사람들이 많다. 신변잡기가 에세이에 누를 끼치는 것인 양 과민반응을 보인다. 복숭아 알레르기가 있는 사람은 복숭아를 먹지 말아야 한다. '신변잡기'에 알레르기가 있는 사람은 에세이 쓰기에 부적합한 사람이다.

나) 실

몽테뉴는 자신의 에세이를 노골적으로 신변잡기임을 자처하고 있다. 이 이상으로 더 무슨 설명이 필요할까. 에세이는 주변 잡기를 주요 소재로 하는 문학이다. 신변잡기는 에세이의 출발점이다.

"이 작품은 처음부터 내 집안일이나 개인적인 일을 말해 보는 것밖에는 다른 어떤 목적도 있지 않았음을 말해둔다."　　　―몽테뉴다. '붓 가는 대로 쓰는 글이 아니다.

가) 허

한동안 유행했던 '붓 가는 대로'라는 글쓰기 구호가 어느 날 갑자기 추방당했다. 隨筆의 한자어가 따를 隨수 붓 筆필에서 나왔다는 이유에서다. '붓 가는 대로'도 위의 신변잡기에 못지않게 푸대접 중이다. 심지어 '붓 가는 대로' 앞에 '아무렇게나' 또는 '생각 없이'를 더하여 '붓 가는 대로'의 모함 수위를 높이고 있다.

나) 실

'붓 가는 대로'의 반대쪽 말은 '아무렇게' 또는 '성의 없이'가 아니다. 누가 영혼 없는 글을 아무렇게나 쓰려고 책상머리에 앉아 불을 밝힌다는 말인가? 오히려 '붓 가는 대로'의 반대는 '무리'나 '억지'일 것이다. '붓 가는 대로'란 무리나 억지가 없는 자연스러운 글쓰기 형태를 말한다. 필자는 隨筆의 한자어가 수시로 隨수와 적어놓을 筆필로 보고 있음을 밝혀둔다. 가식을 배제하고 동시에 체면치레를 삼간다면 글은 자연스러움이 묻어날 것이다. 이것이 몽테뉴가 바라는 에세이 쓰기다. 『LES ESSAIS (1583)』에서의 몽테뉴 서문이 다음과 같다.

"이것이 세상 사람들의 호평을 사기 위한 것이었다면, 나는 자신을 좀 더 잘 장식하고 조심스레 연구해서 내보였을 것이다." —몽테뉴

라. 3인칭 에세이도 가능하다는 주장

가) 허

꼭 1인칭인 '나'에 관한 글쓰기가 되어야 할 필요가 없다. 타인의 경험이나 생각을 소재로 삼는다 하여도 '나'는 '다른 이'의 이야기를 자기화하여 쓰면 될 것이 아닌가. 글을 쓰면서 재료를 제대로 잡지 못할 때 3인칭에 대한 유혹은 더 심하다. 친구의 이야기가 기구하여 내가 그 친구의 이야기를 빌려다 적는다면 어떠할까?

나) 실

에세이 쓰기가 아니라면 무엇인들 못 하랴. 불행하게도 에세이는 처음부터 '1인칭'인 '나'의 글로 태어났다. 몽테뉴에 의한, 몽테뉴 자신의 이야기 (1인칭)로 출발한 것이 에세이의 출발이다. '1인칭' 글이 쓰기 싫어서 타인의 이야기를 쓰고 싶다면 차라리 소설을 쓰면 될 것을 '에세이'에서 소설을 찾으려 한단 말인가. 이는 동식물의 암수를 바꿔놓는 생체실험처럼 불가한 일일 것이다. 몽테뉴는 『LES ESSAIS』의 서문을 이렇게 마치고 있다.

"이 책을 읽는 이여, 여기서는 나 자신이 바로 내 책의 재료이다."

— 몽테뉴

마. 아방가르드Avant garde 와 에세이

가) 허

아방가르드Avant garde 시도는 음악, 미술 등 타 분야에서 진행되었던 변화 바람이었다. 에세이에서의 아방가르드Avant garde 시도 또한 환영할만하다. 시대에 앞서고자 하는 노력을 나무랄 일만은 아니다, 글자 한 자로도 시詩라고 내놓는 판에 에세이는 늘 주절주절하고만 있을 수 없다. 현대인의 바쁜 일상을 생각해 긴 쪽보다는 단 몇 줄이 더 오래 인상을 남길 수 있을 것이다.

나) 실

아방가르드는 지금부터 한 세기 전인 20세기 초의 예술 운동이다. 21세기에 들어선 지금에는 이미 예술 혁신이 일반화되어 오늘날에는 쓰지 않는 용어중 하나다. 서양에서 사라진 지 오래인 아방가르드Avant garde 구호가 지금 와서 한국의 에세이 앞에 매달 필요성이 있을까? 내용 면에서 '에세이'가 전위니 행위예술하고는 어울리지 않는 표현이다. 짧은 에세이로 시를 흉내 내기보다는 아예 처음부터 시詩를 쓰면 되지 않을까? 원고지 5매 이하라는 겉모양새 하나로 '전위' 또는 '행위예술'이란 수식어를 앞에 붙이기에는 너무 궁색하여 오히려 민망하다.

결론

글에 대한 실험은 몽테뉴 『LES ESSAIS (1583)』로 종료되었다. 이후는 영국의 베이컨, 찰스 램Lamb을 거쳐 문단에 한 장르로서 탄탄하게 자리 잡았다. 에세이는 이제 상용어가 되어 대 호응을 받으면서 지금에 이르고 있다. 한국 문단에서는 아직도 에세이의 발전적인 방향을 모색하겠다는 구실로 저마다 실험치를 내놓고 있다. 분명한 것은 에세이는 복잡한 이론이 필요로 하지 않는 글쓰기다. 『LES ESSAIS』가 에세이의 전범典範이기에 더 가감해야 할 이론이 따로 필요하지 않는다. 논란으로 삼고 있는 몇 가지를 지적하여 '에세이' 원전과의 편차를 살펴보았다. 결국 한국 '에세이'의 바람직한 발전 방향이란 새로운 이론 개발에 있는 것이 아니라 몽테뉴의 『LES ESSAIS』의 얼개를 충실하게 따라서 에세이를 쓰는 일일 것이다.

석 현 수

공군사관학교(1970)와 서울공대(1974)를 졸업하였으며, 영남대학교에서 경영학 석사(1980)와 충남대학교에서 공학 석사(1997)를 취득했다. 항공 사업 관련 미주지역 주재원 근무(1984~86)를 한 바 있으며, 국방대학원(1991)을 졸업했다. 현 대한민국 星友會(1997) 회원이다.

문인경력으로는 계명대학교 평생교육원 국어국문과를 졸업하였으며(2008), ≪현대시문학≫에서 시 부문 신인상(2009), ≪서라벌 문예≫(2010), ≪현대수필≫(2012)에서 수필 부문 신인상, ≪에세이포레≫(2013)에서 문학평론 신인상을 받았다.

저서 : 시집으로『삼계탕』(2005)과『나부랭이』(2009)가 있으며, 산문집『돼지』(2007),『온달을 꿈꾸며』(2008)를 출간했다. 수필집은『선생 출신입니까』(2010),『기쁨의 거리에서』(2011),『말을 타고 쓰다』(2012),『꽃보다 개』(2013)가 있으며, 번역서로는『여러분도 행복하세요』(2006)가 있다. 현 한국문인협회와 대구문인협회 회원으로 작품 활동 중이다.

E-mail: hyunsoosee@hanmail.net